BIBLIOTHÈQUE COSMOPOLITE. — Nº 20

OSCAR WILDE

Le Portrait de Monsieur W. H.

TRADUCTION D'ALBERT SAVINE

PARIS. — Iᵉʳ

P.-V. STOCK, ÉDITEUR

(Ancienne Librairie TRESSE & STOCK)

155, RUE SAINT-HONORÉ, (PRÈS *la Civette*)

Devant le Théâtre-Français

—

1906

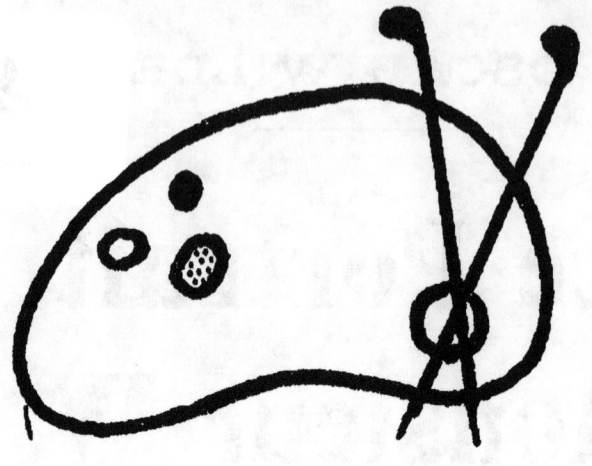

Fin d'une série de documents
en couleur

LE PORTRAIT
DE MONSIEUR W. H.

DU MÊME TRADUCTEUR

JACINTO VERDAGUER. — **L'Atlantide.**
NARCIS OLLER. — **Le Papillon**, préface d'Emile Zola.
— **Le Rapiat.**
JUAN VALERA. — **Le Commandeur Mendoza.**
HENRYK SIENKIEWICZ. — **Pages d'Amérique.**
ALGERNON C. SWINBURNE. — **Nouveaux Poèmes et Ballades.**
PERCY BYSSHE SHELLEY. — **Œuvres en prose.**
TH. DE QUINCEY. — **Souvenirs autobiographiques du Mangeur d'opium.**
TH. ROOSEVELT. — **La vie au Rancho.**
— **Chasses et parties de chasse.**
— **La Conquête de l'Ouest.**
— **New-York.**
ANDREW CARNEGIE. — **La Grande-Bretagne jugée par un Américain.**
ELISABETH BARRETT BROWNING. — **Poèmes et poésies.**
ROBERT-L. STEVENSON. — **Enlevé !**
OSCAR WILDE. — **Le Crime de lord Arthur Savile.**

Sous presse :

ROBERT-L. STEVE[...] — **Catriona.**
HENRYK SIENKIEWI[...]Z. — **La Préférée.**
JOSÉ MARIA DE PEREDA. — **Au premier vol.**
JUAN VALERA. — **Morsamor.**
ARMANDO PALACIO VALDES. — **L'Idylle d'un malade.**
CARLOS REYLES. — **Beba**, mœurs de l'Uruguay.
ALGERNON C. SWINBURNE. — **Derniers poèmes et ballades.**

En préparation :

GABRIEL DANTE ROSSETTI. — **Poèmes.**
JOHN KEATS. — **Poèmes.**
JOSÉ DE ALENCAR. — **Le trono de l'ipé**, mœurs brésiliennes.
EDUARDO BLANCO. — **Santos Zarate**, mœurs du Vénézuela.
ANNA-CHARLOTTE LEFFLER. — **Aurore Bunge.**

BIBLIOTHÈQUE COSMOPOLITE. — N° 20

OSCAR WILDE

LE PORTRAIT DE MONSIEUR W. H.

Traduction d'Albert Savine

PARIS. — Ier

P.-V. STOCK, ÉDITEUR

(Ancienne Librairie TRESSE & STOCK)

155, RUE SAINT-HONORÉ, (PRÈS *la Civette*)

Devant le Théâtre-Français

1906

PRÉFACE

Ce volume contient, je crois, toutes les nouvelles d'Oscar Wilde qui n'avaient pas encore été traduites en français.

J'ai dû à la gracieuseté de M. Walter E. Ledger les textes sur lesquels j'ai traduit *le Fantôme de Canterville*, *Un Sphinx qui n'a pas de secret* et *le Modèle million-naire*.

Je dois au même écrivain des éclaircissements sur différentes difficultés qui m'ont prouvé qu'on ne sait jamais com-

plètement une langue quand on n'a pas
vécu dans les pays où on la parle.

Je lui dois enfin des notions bibliographiques exactes dont j'ai usé, d'ailleurs,
avec discrétion pour ne point déflorer le
travail bibliographique très complet qu'il
a en préparation, avec un ami d'Oxford,
sur les œuvres d'Oscar Wilde. Que mon
généreux correspondant trouve ici le té-
moignage de ma gratitude !

J'ai puisé les textes du *Portrait de Monsieur W.-H.*, des *Poèmes en prose* et de
l'étude *l'Ame humaine sous le régime socialiste* dans les collections des Revues
citées dans mes notices bibliographiques,
collections que la Bibliothèque nationale
possède heureusement complètes.

En traduisant *le Portrait de Monsieur
W.-H.*, je me suis permis deux correc-
tions qui m'ont paru correspondre à des
fautes d'impression.

C'est à Mary *Fitton* et non à Mary *Fin-
ton* que l'on a attribué un rôle dans l'histoire des *Sonnets* et, selon toute appa-
rence, c'est à *P. Oudry* que Wilde fait
attribuer par ses amis le faux portrait de
Monsieur W.-H., bien que le *Blackwood's
Edinburgh Magazine* ait imprimé *Ouvry*.

Enfin, ce m'est un devoir de reconnaître que pour les versions des fragments
cités des *Sonnets*, j'ai beaucoup emprunté
aux traductions de François-Marie-Victor
Hugo et d'Emile Montégut. *Suum cuique.*

A. S.

LE
PORTRAIT DE MONSIEUR W. H.

Le Portrait de Monsieur W. H. a paru en juillet 1889 dans le *Blackwood's Edinburgh magazine.* C'était, paraît-il, le canevas d'une étude complète, à un point de vue neuf, sur les sonnets de Shakespeare. Le manuscrit de ce travail beaucoup plus étendu a existé : selon M. Thomas Seccombe, il a été dérobé en 1895 chez Oscar Wilde en même temps que le manuscrit du drame *A Florentine tragedy.*

Le Portrait de Monsieur W. H. a été plusieurs fois réédité en Angleterre et en Amérique (1901-1905).

Cette plaquette a été traduite en allemand.

LE

PORTRAIT DE MONSIEUR W. H.

I

J'avais dîné avec Erskine dans sa jolie petite maison de Bird Cage Walk et nous étions assis dans sa bibliothèque, buvant notre café et fumant des cigarettes, quand nous en vînmes à causer des faux en littérature.

Maintenant je ne me souviens plus ce qui nous amena à un sujet aussi bizarre en un pareil moment, mais je sais que nous eûmes une longue discussion au sujet de Macpherson [1],

---

[1]. Macpherson est l'éditeur et le *forgeur* des prétendus *Poèmes* d'Ossian qui ont fait les délices de nos grands-pères à qui il n'aurait pas fallu parler de leur dieu avec ce dédain. (*Note du traducteur.*)

d'Ireland[1] et de Chatterton[2] et qu'en ce qui concerne ce dernier, j'insistai sur ce point que ses prétendus faux étaient simplement le résultat d'un désir artistique de parfaite ressemblance, que nous n'avons nul droit de marchander à un artiste les conditions dans lesquelles il veut présenter son œuvre et que tout art étant à un certain degré une sorte de jeu, une tentative de réaliser sa propre personnalité sur quelque plan imaginatif en dehors de la portée des accidents et des limites de la vie réelle; — censurer un artiste pour un pastiche, c'était confondre un problème de morale et un problème d'esthétique.

Erskine, qui était de beaucoup mon aîné et qui m'avait écouté avec la politesse amusée d'un homme qui a atteint la quarantaine, appuya soudain sa main sur mon épaule et me dit :

1. Ireland (William Henry, 1777–1835) prétendit avoir trouvé des manuscrits inédits de Shakespeare qu'il publia à partir de 1795. Il finit par avouer son invention. (*Note du traducteur.*)

2. Chatterton (Thomas, 1752–1770) mit au jour des poèmes qu'il attribuait à Rowley et qui soulevèrent d'interminables polémiques. (*Note du traducteur.*)

— Que diriez-vous d'un jeune homme qui avait une étrange thèse sur certaine œuvre d'art, qui croyait à cette thèse et qui commit un faux pour en faire la démonstration?

— Oh! ceci est tout à fait une autre question.

Erskine demeura quelques instants silencieux, contemplant le mince écheveau de fumée grise qui s'élevait de sa cigarette.

— Oui, dit-il après une pause, c'est tout à fait différent!

Il y avait quelque chose dans le ton de sa voix, une légère sensation d'amertume peut-être, qui excita ma curiosité.

— Avez-vous jamais connu quelqu'un qui avait fait cela? lui demandai-je brusquement.

— Oui, répondit-il, en jetant au feu sa cigarette, un de mes grands amis, Cyril Graham. C'était un garçon tout à fait fascinant, un vrai fou sans la moindre énergie. C'est pourtant lui qui m'a laissé le seul legs que j'ai reçu de ma vie.

— Et qu'était-ce? m'écriai-je.

Erskine se leva de sa chaise et allant à une

petite vitrine en marqueterie qui était placée
entre les deux fenêtres, il l'ouvrit et revint à
l'endroit où j'étais assis en tenant dans sa
main un petit panneau de peinture encadré
d'un vieux cadre un peu terne de l'époque
d'Elisabeth.

C'était un portrait en pied d'un jeune homme
habillé d'un costume de la fin du xvi⁰ siècle,
assis à une table, sa main droite reposant
sur un livre ouvert.

Il paraissait âgé de dix-sept ans et était
d'une beauté tout à fait extraordinaire, quoique évidemment un peu efféminée.

Certes, si ce n'eût été le costume et les cheveux coupés très courts, on aurait dit que le
visage, avec ses yeux pensifs et rêveurs et ses
fines lèvres écarlates, était un visage de
femme.

Par la manière, surtout par la façon dont
les mains étaient traitées, le tableau rappelait
les dernières œuvres de François Clouet. Le
pourpoint de velours noir, avec ses broderies
d'or capricieuses, et le fond bleu de paon, sur
lequel il se détachait si agréablement, et qui

donnait à ses tons une valeur si lumineuse, étaient tout à fait dans le style de Clouet.

Les deux masques de la Comédie et de la Tragédie, suspendus, d'une façon quelque peu apprêtée, au piédestal de marbre, avaient cette dureté de touche, cette sévérité si différente de la grâce facile des Italiens que, même à la Cour de France, le grand maître flamand ne perdit jamais complètement et qui chez lui ont toujours été une caractéristique du tempérament des hommes du Nord.

— C'est une charmante chose, m'écriai-je, mais quel est ce merveilleux jeune homme dont l'art nous a si heureusement conservé la beauté?

— C'est le portrait de monsieur W. H., dit Erskine avec un triste sourire.

Ce peut être un effet de lumière dû au hasard, mais il me sembla que des larmes brillaient dans ses yeux.

— Monsieur W. H.! m'écriai-je. Qui donc est monsieur W. H.?

— Ne vous souvenez-vous pas? répondit-il. Regardez le livre sur lequel reposent ses mains.

1.

— Je vois qu'il y a là quelque chose d'écrit, mais je ne puis le lire, répliquai-je.

— Prenez cette loupe grossissante et essayez, dit Erskine sur les lèvres de qui se jouait toujours le même sourire de tristesse.

Je pris la loupe et approchant la lampe un peu plus près, je commençai à épeler l'âpre écriture du seizième siècle :

A l'unique acquéreur
des sonnets ci-après.

— Dieu du ciel! m'écriai-je. C'est le monsieur W. H., de Shakespeare.

— Cyril Graham prétendait qu'il en était ainsi, murmura Erskine.

— Mais il n'a pas la moindre ressemblance avec lord Pembroke, répondis-je. Je connais très bien les portraits de Penhurst[1]. J'ai demeuré tout près de là il y a quelques semaines.

— Alors vous croyez vraiment que les son-

1. Penhurst dans le Kent, château ayant appartenu aux Sydney. (*Note du traducteur.*)

nets sont adressés à lord Pembroke[1] ? deman-
da-t-il.

— J'en suis certain, répondis-je. Pembroke,
Shakespeare et madame Mary Fitton[2] sont
les trois personnages des *Sonnets*. Il n'y a pas
le moindre doute là-dessus.

— Fort bien, je suis d'accord avec vous,
dit Erskine, mais je n'ai pas toujours pensé
de la sorte. J'ai eu l'habitude de croire... oui,
je crois que j'ai eu l'habitude de croire Cyril
Graham et sa théorie.

— Et qu'était cette théorie? demandai-je
en regardant le merveilleux portrait qui com-
mençait presque à exercer sur moi une singulière fascination.

1. William Herbert, troisième comte de Pembroke,
(1580-1630), célèbre par son goût pour les lettres, héritage de sa mère et de son oncle Philippe Sydney. Il
fut l'ami de Massinger, de Ben Jonson, de Chapman
et de Shakespeare. (*Note du traducteur.*)

2. Mary Fitton, fille d'honneur de la reine Elisabeth,
devenue en 1600 la maîtresse du jeune comte de Pembroke, dont elle eut un fils. L'hypothèse, qui le mêle
au mystère des Sonnets, est moins généralement ad-
mise que celle qui fait jouer le rôle capital à William
Herbert. (*Note du traducteur.*)

— C'est une longue histoire, dit Erskine,
me reprenant la peinture des mains d'une
façon que je jugeai alors presque brutale...
C'est une longue histoire, mais si vous avez
envie de la connaître, je vous la dirai.

— J'aime les théories sur les *Sonnets*, m'é-
criai-je, mais je ne crois pas que je sois en
disposition d'être converti à quelque idée nouvelle. La question n'est plus un mystère pour
personne et, certes, je suis surpris qu'elle ait
jamais été un mystère.

— Comme je ne crois pas à la théorie, je ne
ferai nul effort pour vous la faire adopter, dit
Erskine en riant, mais elle peut vous intéresser.

— Dites-la moi, parbleu! répondis-je. Si la
théorie est à moitié aussi délicieuse que la
peinture, je serai plus que satisfait.

— Eh bien! reprit Erskine en allumant
une cigarette, je dois commencer par vous
parler de Cyril Graham lui-même.

Lui et moi nous habitions la même maison
à Eton.

J'avais un ou deux ans de plus que lui,

mais nous étions très grands amis. Nous travaillions et nous nous amusions tout le temps ensemble. Certes, nous nous amusions beaucoup plus que nous ne travaillions, mais je ne puis dire que je regrette cela.

C'est toujours un avantage de n'avoir pas reçu une orthodoxe éducation de boutiquier. Ce que j'ai appris dans les lices de jeu d'Eton m'a été tout aussi utile que tout ce que l'on m'a enseigné à Cambridge.

Il faut que je vous dise que le père et la mère de Cyril étaient tous les deux morts. Ils s'étaient noyés dans un épouvantable accident de yacht près de l'île de Wight.

Son père avait été dans la diplomatie et avait épousé une fille, la fille unique en fait, du vieux lord Crediton qui devint le tuteur de Cyril après la mort de ses parents.

Je ne crois pas que lord Crediton se souciât beaucoup de Cyril. En fait, il n'avait jamais pardonné à sa fille d'épouser un homme qui n'avait pas de titre.

C'était un étrange aristocrate de la vieille roche, qui jurait comme un marchand de

pommes frites et avait les manières d'un fer-
mier.

Je me souviens de l'avoir vu une fois un
jour de distribution des prix. Il gronda contre moi, il me donna un souverain et me dit
de ne pas devenir un « *sacré radical* » comme
mon père.

Cyril avait très peu d'affection pour lui et
n'avait pas de plus grande joie que de venir passer la plus grande partie de ses congés
avec nous en Ecosse.

En réalité, ils ne s'accordaient jamais ensemble.

Cyril le considérait comme un ours et il
jugeait Cyril efféminé.

Il était efféminé, je veux bien, en certaines
choses, quoiqu'il fût un excellent cavalier et
un tireur de première force. En fait, il obtint
les fleurets d'honneur avant de quitter Eton.
Mais son attitude était très molle.

Il n'était pas médiocrement vain de sa
bonne mine et avait une répugnance extrême
pour le *foot ball*.

Les deux choses qui le charmaient réellement, c'étaient la poésie et l'art scénique. A Eton, il était toujours occupé à se farder et à réciter du Shakespeare et quand nous allâmes au collège de la Trinité, la première année, il devint un membre du A. D. C.

Je me souviens que je fus toujours très jaloux de son goût pour la scène. Je lui étais absurdement dévoué. J'étais un garçon gauche, faible, avec d'énormes pieds et le visage horriblement couvert de taches de rousseur.

Les taches de rousseur, c'est la plaie des familles écossaises, comme la goutte celle des familles anglaises.

Cyril avait l'habitude de dire que des deux il préférait la goutte, mais il attachait toujours une importance absurde à l'extérieur des gens et, une fois, il lut, devant notre club de controverse, un mémoire pour prouver qu'il valait mieux avoir bonne mine qu'être bon.

Certes, il était étonnamment beau.

Les gens, qui ne l'aimaient pas, les Philistins et les professeurs de collège, les jeunes gens qui étudiaient pour être d'Eglise, avaient coutume de dire qu'il n'était que joli, mais

sur son visage il y avait bien autre chose que
de la joliesse.

Je crois qu'il était la plus splendide des
créatures que j'aie jamais vue et rien ne peut
surpasser la grâce de ses mouvements, le
charme de ses manières. Il séduisait tous
ceux qui méritaient qu'on les séduisît et bien
des gens qui ne le méritaient pas.

Il était souvent volontaire et impertinent
et bien souvent je pensais qu'il manquait
épouvantablement de sincérité.

Cela était dû, je crois, surtout à son désir
immodéré de plaire. Pauve Cyril ! je lui dis
une fois qu'il se contentait de triompher à
bon compte, mais il n'en fit que rire.

Il était horriblement gâté.

Tous les gens charmants, j'imagine, sont
horriblement gâtés. C'est le secret de leur attraction.

Pourtant il me faut vous parler du jeu de
Cyril.

Vous savez que l'A. D. C. ne fait accueil
sur sa scène à aucune actrice, du moins,
c'était ainsi de mon temps ; je ne sais com-

ment les choses se passent aujourd'hui.

Eh bien ! tout naturellement Cyril était toujours choisi pour les rôles de jeunes filles et, quand on donna *Comme il vous plaira*, ce fut lui qui joua Rosalinde.

L'exécution fut merveilleuse.

En fait, Cyril Graham était la seule Rosalinde parfaite que j'aie jamais vue. Il me serait impossible de vous décrire la beauté, la délicatesse, le raffinement en tous points de son jeu.

Il fit une énorme sensation et l'horrible petit théâtre — ce n'était pas autre chose alors — était comble chaque soir.

Même quand je lis la pièce maintenant, je ne puis m'empêcher de songer à Cyril. Elle eût pu être faite pour lui.

L'année suivante, il prit ses grades et vint à Londres se préparer à la carrière diplomatique. Mais il ne travaillait jamais. Il passait ses journées à lire les *Sonnets* de Shakespeare et ses soirées à fréquenter le théâtre.

Il avait certes une envie folle de monter sur les planches. Lord Crediton et moi, nous fimes tous nos efforts pour l'en empêcher.

Peut-être s'il s'était mis à jouer, il serait encore vivant.

C'est toujours une chose sotte que de donner des conseils, mais donner de bons conseils est absolument question de chance. Je vous souhaite de ne jamais tomber dans l'erreur de vouloir conseiller. Si vous le faites, vous aurez à le regretter.

Eh bien! pour en venir au vrai nœud de cette histoire, un jour je reçus une lettre de Cyril dans laquelle il me demandait de passer chez lui le soir.

Il avait un délicieux appartement à Piccadilly avec vue sur le Green-Park, et, comme j'avais l'habitude d'aller le voir tous les jours, je fus un peu surpris qu'il eût pris la peine de m'écrire.

Naturellement j'allai chez lui et, quand j'arrivai, je le trouvai dans un état de grande surexcitation.

Il me dit qu'il avait enfin découvert le vrai secret des *Sonnets* de Shakespeare, que tous les lettrés et les critiques avaient fait fausse

route et qu'il était le premier qui, travaillant
uniquement d'après l'évidence des faits, avait
élucidé qui était réellement monsieur **W. H.**

Il était tout à fait fou de joie et il demeura
longtemps sans vouloir me dire sa théorie.

Enfin, il exhiba un paquet de notes, prit
son exemplaire des *Sonnets* sur sa cheminée,
s'assit et me fit une longue conférence sur
toute la question.

Il débuta par établir que le jeune homme, à
qui Shakespeare adressait ces poèmes étrangement passionnés, devait être quelqu'un qui
avait été réellement un facteur vital dans le
développement de son art dramatique et que
ni lord Pembroke ni lord Southampton ne se
trouvaient dans ce cas.

En outre, à tout prendre, ce ne pouvait
être un homme de haute naissance, comme
il résulte abondamment du sonnet 25, dans
lequel Shakespeare le met en parallèle avec
ceux qui sont les favoris de *grands princes* et
dit avec une entière franchise :

Que ceux qui sont en faveur auprès de leurs

étoiles se parent des honneurs publics et des
titres superbes, tandis que moi, que la fortune
prive de tels triomphes, je jouis d'un bonheur
inespéré qui est pour moi l'honneur suprême,

et termine le sonnet en se félicitant de la condition médiocre de celui qu'il adorait tant.

Heureux suis-je donc, moi qui aime et suis
aimé, sans pouvoir infliger la disgrâce ni la
subir.

Cyril déclarait que ce sonnet serait tout à
fait inintelligible si nous imaginions qu'il
était adressé soit au comte de Pembroke, soit
au comte de Southampton qui, tous deux,
étaient des hommes de la plus haute situation
en Angleterre et pleinement en droit d'être
qualifiés de « *grands princes:* »

Pour appuyer cette opinion, il me lut les
sonnets 124 et 125, dans lesquels Shakespeare nous dit que son amour n'est pas *un*
enfant royal, qu'il *n'est pas gêné par la*
pompe souriante, mais qu'il *a été élevé loin de*
tout accident.

J'écoutais avec un très grand intérêt, car je ne crois pas que la remarque eut été faite jusque-là ; mais ce qui suivit était encore plus curieux et me sembla alors solutionner complètement la cause de Pembroke.

Nous avons appris de Meres [1] que les *Sonnets* ont été écrits avant 1598 et le sonnet 104 nous informe que l'amitié de Shakespeare pour monsieur W. H. existait déjà depuis trois ans. Or, lord Pembroke, qui était né en 1580, n'est pas venu à Londres avant sa dix-huitième année, c'est-à-dire avant 1598 et la liaison de Shakespeare avec monsieur W. H. doit avoir commencé en 1594 ou au début de 1595. En conséquence, Shakespeare n'a pu connaître lord Pembroke qu'après avoir écrit les *Sonnets*.

Cyril remarqua aussi que le père de Pembroke ne mourut pas avant 1601 ; tandis qu'il résulte du vers :

1. Francis Meres (1565-1647), auteur du *Discours comparatif de nos poètes anglais avec les poètes grecs, latins et italiens* (1598) où il fournit la liste des œuvres de Shakespeare. (*Note du traducteur*).

Vous avez eu un père ; puisse votre fils en dire autant,

que le père de monsieur **W. H.** était mort en 1598.

En outre, il était absurde d'imaginer que quelque éditeur du temps, — et la préface est de la main de l'éditeur — aurait osé appeler William Herbert comte de Pembroke monsieur.

Le cas de lord Buckhurst, qualifié de M. Sackville, n'a rien de similaire, car lord Buckhurst n'était pas un pair, mais simplement le plus jeune fils d'un pair qui recevait un titre de courtoisie, et le passage du *Parnasse d'Angleterre*, où il est ainsi parlé de lui, n'est pas une dédicace en forme et avec apparat, mais une simple allusion fortuite.

Voilà pour lord Pembroke, dont Cyril démolissait aisément les prétendues prétentions, tandis que je restais abasourdi de sa démonstration.

Pour lord Southampton, Cyril éprouvait encore moins de difficultés.

Southampton devint, à un âge encore tendre, l'amoureux d'Élisabeth Vernon : il n'a-
vait donc pas besoin qu'on le suppliât de se
marier.

Il n'était pas beau. Il ne ressemblait pas à
sa mère, comme monsieur W. H.

*Tu es le miroir de ta mère, et elle retrouve
en toi l'aimable avril de sa jeunesse...*

et par dessus tout son nom de baptême était
Henry, tandis que les sonnets à jeux de mots
(le 135e et le 143e) prouvent que le nom de
baptême de l'ami de Shakespeare était le
même que le sien, Will.

Quant aux autres insinuations des infortu-
nés commentateurs que monsieur W. est une
faute d'impression pour monsieur W. S.,
c'est-à-dire William Shakespeare; que *monsieur W. H. all* doit être un monsieur W.
Hall, que monsieur W. H. est monsieur
William Hathevay et qu'après *Wisheth* [1], il
faut mettre un point, ce qui fait de monsieur

1. Voici le texte de la dédicace des *Sonnets*. Je co-

W. H. l'auteur et non le sujet de la dédicace,
Cyril se débarrassa d'elles en fort peu de
temps et il ne vaut pas la peine de mentionner ses raisonnements, quoique je me souvienne qu'il me fit éclater de rire en me li-
sant — je suis heureux de dire que ce ne fut
pas dans l'original — quelques extraits d'un
commentateur allemand du nom de Bern-
stroff qui prétendait soutenir que monsieur
Will n'était autre que monsieur William
Himself (lui-même).

Graham se refusait à admettre un seul instant que les *Sonnets* fussent de pures satires

pie la disposition typographique et traduis le plus
littéralement possible.

To
The only begetter of these ensuing sonnets
Mʳ W. H.
All Happiness
and
That Eternity promised by our ever living poet
Wisheth
The well Wishing adventurer
In setting forth.
T. T.

A l'unique acquéreur des sonnets ci-après, monde l'œuvre de Drayton et de John Davies d'Hereford.

Pour lui, comme pour moi, c'étaient des poèmes d'une portée sérieuse et tragique, expression de l'amertume de cœur de Shakespeare et adoucis par le miel de ses lèvres.

Encore moins voulait-il admettre que ce fut une simple allégorie philosophique et que Shakespeare adressât ses Sonnets au Moi idéal, à la Nature humaine idéale, à l'Esprit de beauté, à la Raison, au divin Logos ou à l'Eglise catholique.

Il sentait, comme certes, je crois que nous

sieur W. H. tout bonheur et cette éternité que lui promit notre poète immortel, souhaite le très sincère vœu de celui qui hasarde cette publication, T. T. (Thomas Thorpe).

Si l'on place la virgule après *Wisheth*, le sens est ainsi modifié :

A l'unique acquéreur des sonnets ci après, monsieur W. H. souhaite tout bonheur et cette éternité que lui promit notre poète immortel.

Le bien sincère aventureur de cette publication,

T. T.

Thomas Thorpe était l'éditeur des *Sonnets*.

(*Note du traducteur.*)

2.

le sentons tous que les *Sonnets* sont adressés
à un être qui a une individualité propre, à
un jeune homme déterminé, dont la personnalité, pour une raison quelconque, semble
avoir rempli l'âme de Shakespeare d'une
terrible joie et d'un non moins terrible désespoir.

Après avoir de la sorte débarrassé la route,
Cyril me demanda de chasser de mon esprit
toutes les idées préconçues que je pouvais
m'être faites sur ce sujet et de prêter une
oreille impartiale et bienveillante à sa propre théorie.

Le problème, qu'il signalait, était celui-ci :

Quel était le jeune homme contemporain
de Shakespeare, à qui, sans qu'il fût de noble
naissance ou même de noble caractère, il
avait pu s'adresser en termes d'une telle
adoration passionnée que nous ne pouvons
que nous étonner de ce culte étrange et être
presque effrayés de tourner la clé de la serrure qui renferme le mystère du cœur du
poète ?

Quel était celui dont la beauté physique

était telle qu'elle devint la vraie pierre angu-
laire de l'art de Shakespeare, la vraie source
de l'inspiration de Shakespeare, la vraie in-
carnation des rêves de Shakespeare ?

Le regarder uniquement comme l'objet de
certains poèmes d'amour, c'est oublier toute
la signification des poèmes, car l'art, dont
Shakespeare parle dans les *Sonnets*, n'est pas
l'art des *Sonnets* eux-mêmes, qui certes ne
furent pour lui que des choses légères et in-
times, c'est l'art du Dramaturge à qui il fait
toujours allusion et celui dont Shakespeare
dit :

*Tu es tout mon art et tu exaltes jusqu'à la
science mon ignorance grossière,*

celui à qui il promet l'immortalité,

*Là où le souffle a le plus de puissance, sur
la bouche même de l'humanité.*

n'était sûrement pas autre que le jeune acteur pour qui il créa Viola et Imogène, Juliette et Rosalinde, Portia et Desdemone, et
Cléopâtre elle-même.

Telle était la théorie de Cyril Graham, tirée, comme vous le voyez, uniquement des *Sonnets* et dont l'acceptation ne dépendait pas tant d'une preuve par démonstration ou d'une évidence formelle que d'une sorte de flair spirituel et artistique par lequel seul, prétendait-il, on pouvait discerner le vrai sens des poésies.

Je me souviens qu'il me lut ce beau sonnet :

Comment ma muse pourrait-elle manquer de sujet tant que de ton souffle tu verses dans mon vers ton ineffable inspiration trop parfaite pour être confiée à un papier vulgaire ?

Oh! Remercie-toi toi-même si tu trouves chez moi rien qui vaille la peine que tu le lises; car quel est l'être assez muet pour ne rien pouvoir te dire, quand toi-même tu donnes la lumière à ton invention.

Sois pour lui la dixième muse, dix fois plus puissante que les neuf vieilles invoquées par les rimeurs : et celui qui t'invoquera produira des nombres éternels qui mûriront dans un avenir lointain.

Il me fit remarquer combien c'était une complète confirmation de sa théorie.

En effet, il feuilleta attentivement tous les *Sonnets* et montra, ou s'imagina qu'il montrait que dans la nouvelle explication de leur signification qu'il proposait, les choses qui avaient paru obscures, ou défectueuses, ou exagérées, devenaient claires et rationnelles et de haute portée artistique, illuminant la conception de Shakespeare des vrais rapports entre l'art de l'acteur et l'art du dramaturge.

Il est, certes, évident qu'il devait y avoir dans la compagnie de Shakespeare quelque merveilleux jeune acteur d'une grande beauté, à qui il confiait le soin de personnifier ses nobles héroïnes; car Shakespeare était un organisateur de tournée dramatique, en même temps qu'un poète plein d'imagination.

Or, Cyril Graham avait fini par découvrir le nom du jeune acteur.

2.

C'était Will, ou comme il préférait l'appeler Willie Hughes.

. Il avait trouvé le nom de baptême dans les sonnets à jeu de mots 125 et 143 et le nom de famille, d'après lui, était caché dans le huitième vers du sonnet 20 ou monsieur W. H. est décrit comme.

Un homme par le teint mais battant tous les TEINTS possibles.

Dans l'édition originale des *Sonnets*, *TEINTS* (*hews*) est imprimé en lettres capitales et en italiques et cela, prétendait-il, montrait clairement qu'il y avait là une tentative de jeu de mots.

Cette façon de voir recevait une grande part de confirmation de ces sonnets dans lesquels des jeux de mots bizarres étaient faits sur les mots *usage* et *usure*.

Naturellement |je [me]|laissai convaincre d'emblée et Willie Hughes devint pour moi un être aussi réel que Shakespeare.

La seule objection, que je fis à la théorie, était que le nom de Willie Hughes ne se trouve pas dans la liste des acteurs de la compagnie de Shakespeare imprimé au premier folio.

Cyril, pourtant, établit que l'absence du nom de Willie Hughes de cette liste démontrait réellement la théorie, puisqu'il résultait du sonnet 86 que Willie Hughes avait abandonné la troupe de Shakespeare pour jouer dans un théâtre rival, probablement dans quelques-unes des pièces de Chapman [1].

C'est en allusion à ce fait que dans le grand sonnet sur Chapman, Shakespeare dit à Willie Hughes :

Mais dès que votre jeu a rehaussé sa poésie, la mienne n'a plus eu de sujet et c'est ce qui l'a fait languir.

l'expression *dès que votre jeu a rehaussé sa poésie* se rapportant sans nul doute à la beauté du jeune acteur qui faisait vivre, réalisait les vers de Chapman et leur ajoutait du charme.

1. Georges Chapman (1557-1634) contemporain de Shakespeare, remis en honneur par Algernon C. Swinburne et réédité en 1873. (*Note du traducteur.*)

La même idée se trouvait encore énoncée dans le 79ᵉ sonnet :

Tant que seul j'ai invoqué ton aide, mon vers seul a possédé toute ta gentille grâce ; mais maintenant mes nombres gracieux sont déchus et ma muse malade cède la place à une autre,

et dans le sonnet qui le précède immédiatement où Shakespeare dit :

Toutes les autres plumes ont pris exemple sur moi[1] et répandent leur poésie sous ton patronage,

le jeu de mot *use* = Hughes étant naturellement voulu et la phrase *répandent leur poésie sous ton patronage* signifiant *avec votre concours comme acteur donnent leurs pièces au public.*

C'était une nuit superbe.

Presque jusqu'au jour nous demeurâmes assis là à lire et à relire les *Sonnets*.

Un peu après pourtant, je commençai à

---

1. Ou *ont pris mon Hughes.* (*Note du traducteur.*)

voir que, avant que la théorie pût être lancée publiquement sans une forme vraiment parfaite, il était nécessaire d'apporter une démonstration de l'existence de ce jeune acteur Willie Hughes, en dehors des *Sonnets.*

Si, un jour, l'on pouvait établir l'existence de ce personnage, il n'y aurait plus de doute possible sur son identité avec monsieur W. H.

Autrement la théorie tomberait à terre.

J'exposai cela à Cyril de la façon la plus nette.

Il fut fort ennuyé de ce qu'il appelait ma tournure d'esprit de Philistin et il fut même un peu amer sur ce sujet.

Pourtant, je lui fis promettre que, dans son propre intérêt, il ne publierait pas sa découverte avant d'avoir mis toute la question hors de doute et, pendant de longues semaines, nous feuilletâmes les registres des églises de la Cité, les manuscrits Alleyn à Dulwich, les papiers du Record Office, les papiers de lord Chamberlain, bref tout ce que nous pensions pouvoir contenir quelque allusion à Willie Hughes.

Nous ne découvrîmes rien, cela va sans dire et chaque jour l'existence de Willie Hughes me paraissait devenir plus problématique.

Cyril était dans un état épouvantable. Il remettait la question sur le tapis tous les jours, s'efforçant de me convaincre, mais j'avais vu le point faible de la théorie et je me refusais à y croire tant que l'existence de Willie Hughes, l'acteur adolescent du temps d'Elisabeth, n'avait pas été démontrée sans doute ni hésitation possible.

Un jour, Cyril quitta Londres pour se rendre chez son grand-père, du moins je le crus alors, mais plus tard j'ai appris de lord Crediton qu'il n'en fut pas ainsi.

Après une quinzaine, je reçus de Cyril un télégramme, expédié de Warwick, où il me priait de ne pas manquer de venir dîner avec lui, ce soir-là, à huit heures précises.

A mon arrivée, il m'accueillit par ces mots :

— Le seul apôtre, qui ne méritait pas que rien lui fût prouvé, était saint Thomas et

saint Thomas fut le seul apôtre à qui la preuve
fut donnée.

Je lui demandai ce qu'il voulait dire.

Il répondit qu'il ne lui avait pas été seulement possible d'établir l'existence au xvi⁰ siècle d'un acteur adolescent nommé Willie
Hughes, mais de prouver, avec l'évidence la
plus concluante, que c'était bien là le monsieur W. H. des *Sonnets*.

Il ne voulut rien me dire de plus pour le
moment ; mais, après le dîner, il mit solennellement sous mes yeux le portrait, que je
vous ai montré, et me dit qu'il l'avait découvert, par le hasard le plus extraordinaire,
cloué à un des panneaux d'un vieux coffre
qu'il avait acheté dans une maison de ferme
du comté de Warwick.

Il avait naturellement rapporté également
le coffre lui-même qui était un fort beau spécimen de l'ébénisterie du temps d'Elisabeth.

Au milieu du panneau de front on lisait,
sans le moindre doute les initiales W. H.
gravées dans le bois.

C'était ce monogramme qui avait attiré

l'attention de Cyril et il me dit qu'il n'avait songé à examiner avec soin l'intérieur du coffre que plusieurs jours après qu'il l'avait en sa possession.

Un matin, pourtant, il s'aperçut que l'une des parois du coffre était beaucoup plus épaisse que l'autre et en y regardant de très près il découvrit qu'un panneau de peinture encadré y était emboîté.

Il le dégagea et il se trouva que c'était le portrait qui était maintenant étalé sur le ca-napé.

Le panneau était très sale et couvert de moisissures, mais il réussit à le nettoyer et, à sa grande joie, il vit qu'il était tombé par pur hasard sur la seule chose qui pût exciter son désir.

C'était un portrait authentique de monsieur W. H. Sa main reposait sur la page dédica-toire des *Sonnets* et, sur le châssis même, on pouvait distinguer le nom du jeune homme écrit en initiales noires sur un fond d'or terni : monsieur William Hews.

Bon ! que pouvais-je dire ?

Il ne me vint pas un instant à la pensée que Cyril Graham me jouât la comédie et qu'il essayât de démontrer la théorie au moyen d'un faux.

— Mais est-ce un faux? demandai-je.

— Certes oui, dit Erskine. C'était un faux très bien fait, mais ce n'en était pas moins un faux.

Je crus alors que Cyril avait eu ses apaisements sur toute cette question, mais je me souviens qu'il me dit plus d'une fois que pour lui il n'était besoin d'aucune preuve de ce genre et qu'il croyait la théorie complète, même sans cela.

Je riais de sa confiance.

Je lui dis que sans cette preuve toute la théorie dégringolait à terre et je le félicitai chaudement de sa merveilleuse découverte.

Alors nous décidâmes que le portrait serait gravé ou reproduit en fac-simile et placé comme frontispice en tête de l'édition des *Sonnets* de Cyril.

Pendant trois mois, nous ne fîmes que repasser tous les poèmes vers par vers jusqu'à

3.

ce que nous eûmes dominé toutes les difficultés du texte ou de sens.

Un malheureux jour, j'étais dans un magasin d'estampes à Holborn, quand je vis sur le comptoir quelques dessins à la pointe d'argent extrêmement beaux.

Je fus si fort attiré par eux que je les achetai, et le propriétaire du magasin, un certain Rawlings, me dit qu'ils étaient l'œuvre d'un jeune peintre nommé Edward Merton qui était très habile, mais aussi pauvre qu'un rat d'église.

Quelques jours après, j'allai voir Merton dont le marchand d'estampes m'avait donné l'adresse.

Je trouvai un jeune homme pâle, intéressant, avec une femme de mine assez banale, un modèle, ainsi que je l'appris par la suite.

Je lui dis combien j'avais admiré ses dessins, ce qui me parut lui être très agréable, et je lui demandai s'il pourrait me montrer quelque autre de ses œuvres.

Comme nous feuilletions un portefeuille rempli de choses réellement ravissantes, —

çar Merton avait une touche très délicate et tout à fait délicieuse, — j'aperçus tout à coup une esquisse du portrait de monsieur W. H. Il n'y avait aucun doute à concevoir à ce sujet.

C'était presque un *fac-simile* : la seule différence était que les masques de la tragédie et de la comédie n'étaient pas suspendus à la table de marbre, comme dans le portrait, mais gisaient sur le plancher aux pieds du jeune homme.

— Où diable avez-vous déniché cela ? dis-je.

Il devint un peu confus et répondit :

— Ce n'est rien. Je ne savais pas que ce dessin était dans le portefeuille. C'est une chose sans valeur aucune.

— C'est ce que vous avez fait pour monsieur Cyril Graham, s'écria sa maîtresse. Si ce monsieur veut l'acheter, pourquoi ne pas le lui vendre?

— Pour monsieur Cyril Graham, répétai-je. Avez-vous peint le portrait de monsieur W. H.?

— Je ne sais ce que vous voulez dire, répliqua-t-il, en devenant très rouge.

Bon ! L'histoire était vraiment terrible.

La femme lâcha tout le secret.

En partant, je lui donnai cinq livres.

Maintenant il ne m'est pas possible d'y songer, mais certes j'étais alors furieux.

J'allai d'un trait chez Cyril.

Je l'attendis trois heures avant qu'il revînt, avec cet affreux mensonge qui s'épanouissait sur son visage et je lui dis que j'avais découvert le faux.

Il devint très pâle et me dit :

— J'ai fait cela uniquement pour vous. Vous n'auriez pas été convaincu autrement. Cela ne porte aucune atteinte à la vérité de la théorie.

— La vérité de la théorie ! m'écriai-je. Moins vous en parlerez et mieux cela vaudra. Vous-même vous n'y avez jamais cru. Si vous y aviez cru, vous n'auriez pas commis un faux pour en faire la preuve.

Il s'échangea entre nous des paroles vio-

lentes. Nous eûmes une querelle épouvantable. Je l'avoue, je fus injuste.

Le lendemain matin, il était mort.

— Mort ! m'écriai-je.

— Oui, il se tua d'un coup de revolver. Un
peu de son sang jaillit sur le cadre du portrait juste à la place où le nom était peint.
Quand j'arrivai, — son domestique m'avait
sur-le-champ envoyé chercher, — la police
était déjà là. Il avait laissé une lettre pour
moi, écrite évidemment dans la plus grande
agitation et la plus grande détresse du cœur.

— Que contenait-elle ? demandai-je.

— Oh ! qu'il avait une foi absolue dans
l'existence de Willie Hughes, que le faux du
portrait n'avait été fait que comme une concession à mon égard et n'affaiblissait à aucun degré la vérité de la théorie ; bref, que
pour me montrer combien sa foi était ferme
et inébranlable, il allait offrir sa vie en sacrifice au secret des *Sonnets*.

C'était une lettre folle, démente.

Je me souviens qu'il finissait en me disant
qu'il me confiait la théorie Willie Hughes et

que c'était à moi de la présenter au monde
et de dévoiler le secret du cœur de Shakespeare.

— C'est là une bien tragique histoire, m'é-
criai-je, mais pourquoi n'avez-vous pas accompli ses vœux ?

Erskine haussa les épaules.

— Parce que c'est du commencement à la
fin une théorie absolument erronée, répondit-il.

— Mon cher Erskine, lui dis-je en me levant de mon siège, vous êtes là-dessus dans
une erreur complète. C'est la seule clé parfaite des *Sonnets* de Shakespeare qu'on ait
jamais construite. Elle est parfaite dans tous
ses détails. Je crois à Willie Hughes.

— Ne dites pas cela, répliqua gravement
Erskine. Je reconnais qu'il y a dans l'idée
quelque chose qui séduit inévitablement et
intellectuellement il n'y a rien à y redire. J'ai
examiné la question dans tous ses détails et
je vous assure que la théorie est entièrement
fallacieuse. Elle est plausible jusqu'à un
certain point. Au delà tout dégringole. Pour

l'amour du ciel, mon cher enfant, ne vous lancez pas sur ce thème de Willie Hughes. Vous y briseriez votre cœur.

— Erskine, répondis-je, c'est votre devoir de donner cette théorie au monde. Si vous ne le faites pas, je le ferai. En la passant sous silence, vous portez atteinte à la mémoire de Cyril Graham, le plus jeune et le plus splendide de tous les martyrs de la littérature. Je vous supplie de lui rendre justice. Il est mort pour cette théorie, ferez-vous qu'il sera mort en vain ?

Erskine me regarda avec stupeur.

— Vous êtes emporté par l'émotion de toute cette histoire, dit-il. Vous oubliez qu'une chose n'est pas nécessairement vraie parce qu'un homme meurt pour elle.

J'étais dévoué à Cyril Graham. Sa mort a été pour moi un terrible coup. Je ne m'en remettrai pas de bien des années.

Mais Willie Hughes ? Il n'y a rien dans l'idée de Willie Hughes. Pareil personnage n'a jamais existé.

Quant à révéler toute l'histoire au monde,

le monde croit que Cyril Graham s'est tué par
accident. La seule preuve qu'il s'était tué résultait de la lettre qu'il m'a écrite et le public n'a jamais rien su de cette lettre. Actuellement même lord Crediton croit que tout
cela fut accidentel.

— Cyril Graham a sacrifié sa vie à une
grande idée, répondis-je,.et si vous ne voulez pas parler de son martyre, parlez au moins
de sa foi.

— Sa foi, dit Erskine, était basée sur une
chose qui était fausse, sur une chose que
pas un scholiaste de Shakespeare ne voudrait
accepter un moment. On rirait de la théorie.
Ne jouez pas le rôle d'un fou. Ne suivez pas
une chimère qui ne mène à aucun but. Vous
commencez par affirmer l'existence de la personne même dont il s'agit de prouver l'existence. En outre, tout le monde sait que les
Sonnets sont adressés à lord Pembroke. La
question est résolue une fois pour toutes.

— La question n'est pas résolue, m'écriai-
je. Je répandrai la théorie que Cyril Graham
a laissée et je prouverai au monde qu'il avait
raison.

— Enfant têtu, dit Erskine, rentrez chez vous. Il est plus de deux heures. Et ne pensez plus à Willie Hughes. Je regrette de vous en avoir parlé et je suis tout à fait désolé de vous avoir converti à une chose à laquelle je ne crois pas.

— Vous m'avez donné la clé du plus grand mystère de la littérature moderne, répondis-je. Et je n'aurai pas de repos jusqu'à ce que je vous aie fait reconnaître à tous que Cyril Graham était le plus subtil critique shakespearien de nos jours.

Comme je regagnais mon domicile à travers le parc de Saint-James, l'aurore naissait sur Londres. Sur le lac poli, les cygnes blancs dormaient et le squelette du palais se détachait en pourpre sur le ciel vert pâle.

Je pensai à Cyril Graham et mes yeux se remplirent de larmes,

3.

II

Il était midi passé quand je m'éveillai et le soleil ruisselait à travers les rideaux de ma chambre en longues coulées obliques d'or poussiéreux.

Je dis à mon domestique que je n'étais chez moi pour personne et, après avoir pris une tasse de chocolat et un petit pain, j'allai chercher sur un rayon de ma bibliothèque mon exemplaire des *Sonnets* de Shakespeare et je commençai à les parcourir avec grande attention.

Chaque poème me parut une confirmation de la théorie de Cyril Graham.

Il me semblait que j'avais la main appuyée sur le cœur de Shakespeare et que je comptais un à un tous les battements et toutes les pulsations de la passion.

Je songeai au merveilleux acteur adolescent et je vis son visage dans chaque vers.

Deux sonnets, je m'en souviens, me frappèrent particulièrement : c'étaient le 53° et le 67°.

Dans le premier de ces sonnets, Shakespeare, louant Willie Hughes de la souplesse dé son jeu, du vaste champ de ses rôles, un champ qui s'étend de Rosalinde à Juliette et de Béatrice à Ophélie, lui dit :

De quèlle substance êtes-vous donc fait, vous qu'escortent des millions d'ombres étranges? Chaque être n'a qu'une ombre unique, et vous, qui n'êtes qu'un pourtant, vous prêtez votre ombre à tout,

vers qui étaient inintelligibles s'ils ne s'adressaient pas à un acteur, car le mot *ombre* avait au temps de Shakespeare un sens qui se rattachait à la scène.

« Les meilleurs en ce genre ne sont que des ombres, » dit Thésée des acteurs dans le *Songe d'une Nuit d'été*, et il y a bien d'autres allusions similaires dans la littérature de l'époque.

Les *Sonnets* appartenaient évidemment aux séries dans lesquelles Shakespeare disait la nature de l'art de l'acteur et du tempérament étrange et rare qui est indispensable au parfait comédien.

« Comment se fait-il, dit Shakespeare à Willie Hughes, que vous ayez tant de personnalités », et alors il en arrive à établir que sa beauté est telle qu'elle semble réaliser toute forme et toute phase de fantaisie, incarner tout rêve de l'imagination créatrice, une idée, qui est encore exprimée plus avant dans le sonnet qui suit immédiatement, ou en commençant par la délicate pensée :

Oh! comme la beauté semble plus belle lorsqu'elle est embaumée par LA VÉRITÉ.

Shakespeare nous invite à remarquer combien la vérité du jeu, la vérité de la repré-

sentation visible sur la scène, ajoute au prestige de la poésie, donne la vie à toute sa nature
séduisante et la réalité actuelle à sa forme
idéale.

Et, pourtant, dans le 67ᵉ sonnet, Shakespeare invite Willie Hughes à renoncer à la
scène si artificielle avec sa vie fausse, ses
mimes au visage maquillé et au costume sans
réalité, ses influences et ses suggestions im-
morales, son éloignement du vrai monde, de
l'action réelle et du langage sincère.

*Oh ! pourquoi mon bien-aimé vivrait-il avec
la corruption et honorerait-il le sacrilège de
son prestige en sorte que le péché obtiendrait
par lui un avantage décisif et se parerait de
sa société ?*

*Pourquoi le fard imiterait-il le teint de ses
joues et plagierait-il, par une copie inanimée,
leurs vives couleurs ? Pourquoi la pauvre
beauté chercherait-elle indirectement les reflets
de la rose, quand elle a la rose vraie ?*

Il peut sembler étrange qu'un aussi grand
dramaturge que Shakespeare, qui réalisa sa

propre perfection comme artiste et son humanité comme homme sur le plan idéal de la
littérature du théâtre et du jeu scénique, ait
écrit en ces termes sur le théâtre, mais nous
devons nous souvenir que, dans ..s sonnets
110 et 111, Shakespeare nous montre qu'il
était las du monde des marionnettes et plein
de honte d'avoir joué aux yeux de tous son
rôle d'arlequin.

Le 111ᵉ sonnet surtout est amer :

*Oh ! grondez à mon sujet la fortune, cette
déesse coupable de tous mes torts, qui ne m'a
laissé d'autre moyen d'existence que la res-
source publique qui nourrit une vie publique.*

*C'est là ce qui fait que mon nom porte un
stigmate et que ma nature est, pour ainsi dire,
marquée du métier qu'elle fait, comme la
main du teinturier. Ayez donc pitié de moi et
souhaitez que je sois régénéré,*

et il y a ailleurs bien des signes du même
sentiment, signes familiers à tous les vrais
fanatiques de Shakespeare.

Un point m'embarrassa beaucoup quand je

lus les *Sonnets* et il s'écoula bien des jours
avant que j'établisse la vraie interprétation
que certes Cyril Graham lui-même paraît ne
pas avoir saisie.

Je ne pouvais comprendre que Shakespeare
accordât tant d'importance à voir son jeune
ami se marier.

Lui-même s'était marié jeune, et le résultat
n'avait pas été heureux : il n'était pas probable
qu'il voulût pousser Willie Hughes à commettre la même erreur.

Le jeune acteur de Rosalinde n'avait rien
à gagner au mariage et aux passions de la
vie réelle. Les premiers sonnets, avec leurs
étranges supplications d'avoir des enfants,
me parurent une note discordante.

L'explication du mystère m'arriva presque
subitement et je la trouvai dans la bizarre
dédicace.

On doit se rappeler que la dédicace est ainsi
conçue :

A l'unique engendreur de
ces sonnets ci-après

Monsieur W. H., tout le bonheur
Et cette éternité,
promesses de
notre poète immortel,
puisse-t-il les avoir.
C'est le souhait bien sincère
de celui qui aventure
cette publication

T. T.

Quelques commentateurs ont supposé que le mot *engendreur* dans cette dédicace indique simplement celui qui a fourni les *Sonnets* à Thomas Thorpe, leur éditeur. Mais cette opinion est maintenant généralement abandonnée et les plus hautes autorités sont tout à fait d'accord sur ce point que ce mot est pris dans le sens d'*inspirateur*, la métaphore étant tirée de l'analogie de la vie physique.

Alors je vis que la même métaphore est employée par Shakespeare lui-même dans tous ses poèmes et cela me mit dans le droit chemin.

Finalement je fis ma grande découverte.

Le mariage que Shakespeare propose à Willie Hughes, c'est le mariage avec sa muse, une expression qui est précisément employée dans le 82e sonnet où, dans l'amertume de son cœur, lors de la défection du jeune acteur, pour qui il avait écrit ses plus grands rôles et dont la beauté les lui avait vraiment inspirés, il commence ses doléances en disant :

Je conviens que tu n'es pas marié à ma muse.

Les enfants qu'il le suppliait d'engendrer ne sont pas des enfants de sang et de chair, mais les plus immortels enfants d'une gloire qui ne peut mourir.

Tout le cycle des premiers sonnets est simplement l'invitation de Shakespeare à Willie Hughes de monter sur la scène et de se faire acteur. Combien ce serait chose vile et vaine, dit-il, que votre beauté, si vous n'en usiez pas.

Lorsque quarante hivers assiègeront ton front et creuseront des tranchées profondes dans le champ de ta beauté, la fière livrée de

ta jeunesse, si admirée maintenant, ne sera
qu'une guenille dont on fera peu de cas.

Si l'on te demandait alors où est toute ta
beauté où est tout le trésor de tes jours floris-
sants, et si tu répondais que tout cela est dans
tes yeux creusés, ce serait une honte dévorante
et un stérile éloge.

Vous devez créer quelque chose en art.
Mon vers « est à toi et naît de toi », écoute-
moi seulement et je « mettrai au monde des
vers immortels qui vivront une éternité » et
vous peuplerez des formes de votre propre
visage le monde imaginaire et la scène. Ces
enfants que vous engendrez, continue-t-il, ne
dépériront pas, comme des enfants sujets à la
mort, mais vous vivrez en eux et dans mes
pièces : donc

Créé un autre toi-même pour l'amour de
moi ; que ta beauté vive en ton enfant comme
en toi.

Je réunis tous les passages qui me paraissaient corroborer cette interprétation : ils

produisirent sur moi une forte impression et me montrèrent combien la théorie de Cyril Graham était vraiment complète.

Je vis aussi qu'il était très facile de séparer les vers, dans lesquels il parle des *Sonnets* mêmes, et ceux dans lesquels il parle de ses grandes œuvres dramatiques.

C'était là un point qui avait absolument échappé aux critiques antérieurs à Cyril Graham.

Et, pourtant, c'était une des considérations les plus importantes dans toutes les séries de poèmes.

Aux *Sonnets* Shakespeare était plus ou moins indifférent. Il n'ambitionnait pas que sa gloire reposât sur eux. C'était, à ses yeux, sa « muse légère », comme il les appelle, et, comme le dit Meres, il désirait une circulation réservée, seulement parmi un petit nombre, un nombre très restreint d'amis.

D'autre part, il était extrêmement conscient de la haute valeur artistique de ses pièces et témoigne d'une noble confiance en son génie dramatique.

Quand il dit à Willie Hughes :

Mais ton éternel été ne se flétrira pas et ne sera pas dépossédé de tes grâces. La mort ne se vantera pas de ce que tu erres sous son ombre, quand tu grandiras dans l'avenir EN VERS ÉTERNELS.

Tant que les hommes respireront et que les yeux pourront voir, ceci vivra et te donnera la vie...

l'expression *vers éternels* fait clairement allusion à une de ses pièces qu'il lui envoyait en même temps, de même que la strophe finale vise sa confiance dans la probabilité que ses pièces soient toujours jouées.

Dans une apostrophe à la muse dramatique (sonnets C et CI), nous trouvons la même pensée.

Où donc es-tu, muse, pour oublier si longtemps de parler de ce qui te donne toute ta puissance ? Dépenses-tu ta force à quelque indigne chant, couvrant d'ombre ta poésie pour mettre la lumière sur de vils sujets ?

s'écrie-t-il.

Puis il reproche à la muse de la Tragédie
et de la Comédie son abandon de la vérité
resplendissante de beauté et dit :

*Quoi! Parce qu'il n'a pas besoin d'éloges,
vas-tu devenir muette? Ne donne pas ce pré-
texte à ton silence, car il ne tient qu'à toi de
faire vivre mon ami au delà d'une tombe do-
rée et de le faire louer par les siècles fu-
turs.*

*Allons, muse, à l'œuvre! Je vais t'appren-
dre à le faire voir à l'avenir tel qu'il apparaît
aujourd'hui.*

C'est pourtant peut-être dans le 55ᵉ. sonnet
que Shakespeare donne à son idée l'expression la plus ample..

Imaginer que le « rythme puissant » du
second vers se rapporte au sonnet lui-même,
c'est absolument s'abuser sur l'intention de
Shakespeare.

Il me parut qu'il était extrêmement clair,
d'après le caractère général du sonnet, qu'il
était question d'une pièce déterminée et que

la pièce n'était autre que *Roméo et Juliette.*

Ni le marbre, ni les mausolées dorés des princes ne dureront plus longtemps que mon rythme puissant. Vous conserverez plus d'é-clat dans ces mesures que sur la dalle non balayée que le temps barbouille de sa lie.

Quand la guerre dévastatrice bouleversera les statues et que les tumultes déracineront l'œuvre de la maçonnerie, ni l'épée de Mars ni le feu ardent de la guerre n'entameront la tradition vivante de votre renommée.

En dépit de la mort et de la rage de l'oubli, vous avancerez dans l'avenir, votre gloire trouvera place incessamment sous les yeux de toutes les générations qui doivent user ce monde jusqu'au jugement dernier.

Ainsi jusqu'à l'appel suprême auquel vous vous lèverez vous-même, vous vivrez ici et dans la postérité sous les yeux des amants.

Il était aussi extrêmement suggestif de noter combien là et ailleurs Shakespeare promettait à Willie Hughes l'immortalité sous une forme qui le rappela aux yeux des hommes, c'est-à-dire sous une forme scénique dans une pièce que l'on irait voir jouer.

Pendant deux semaines, je travaillai avec acharnement sur les *Sonnets*, sortant à peine et refusant toutes les invitations.

Chaque jour, il me semblait que je découvrais quelque chose de nouveau et Willie Hughes devint pour moi une espèce de compagnon spirituel, une personnalité toujours dominante.

Je finis presque par m'imaginer que je l'avais vu debout dans l'atmosphère de ma chambre tant Shakespeare l'avait clairement dessiné avec ses cheveux d'or, sa tendre grâce de fleur, ses doux yeux aux profondeurs de rêve, ses membres délicats et mobiles et ses mains d'une blancheur de lis.

Son seul nom exerçait sur moi une vraie fascination. Willie Hughes! Willie Hughes! Comme il avait un son de musique! Oui, quel autre que lui pouvait être « le maître et la maîtresse de la passion » de Shakespeare [1],

1. Sonnet XX, 2.

le « seigneur de son amour à qui il a été lié
en vasselage » [1], le délicat favori du plaisir [2],
la « rose de tout l'univers » [3], le « héraut du
printemps » [4], « paré de la superbe livrée de
la jeunesse » [5], le « ravissant garçon qui est
une douce musique pour son auditeur » [6] et
dont « la beauté était le vrai vêtement du
cœur » de Shakespeare » [7], de même qu'il
était la clé de voûte de sa force dramatique.

Combien me paraissait amère maintenant
toute la tragédie de sa désertion et de sa honte
qu'il rendait « douce et jolie [8] » par la pure
magie de sa personne, mais qui n'en était pas
moins honte.

Pourtant, si Shakespeare l'a pardonné,
pourquoi ne lui pardonnerons-nous pas aussi.

1. Sonnet CIX, 14.
2. Sonnet VIII, 1.
3. Sonnet XXVI, 1.
4. Sonnet I, 10.
5. Sonnet XXII, 6.
6. Sonnet CXXVI, 9.
7. Sonnet II, 3.
8. Sonnet XCV, 1.

Je ne me souciai pas de chercher à pénétrer le mystère de son péché.

Son abandon du théâtre de Shakespeare était une question différente et je la creusai très avant.

Finalement j'en vins à cette conclusion que Cyril Graham s'était trompé en regardant Chapman comme le dramaturge rival dont il est parlé dans le 80e sonnet.

C'était évidemment Marlowe à qui il était fait allusion [1].

Alors que les *Sonnets* furent écrits, on ne pouvait appliquer à l'œuvre de Chapman une expression telle que « l'orgueilleuse arrogance de son grand vers », bien qu'on eût pu l'appliquer plus tard au style de ses dernières pièces du temps du roi Jacques.

Non, Marlowe était sans contredit le dramaturge dont Shakespeare parla en ces termes louangeurs et cet

1. Christophe Marlowe (1564-1593). Voir l'excellente étude de Félix Rabbe préfaçant sa traduction du *Théâtre*. Stock, éditeur. (*Note du traducteur.*)

4.

*affable fantôme familier qui, la nuit, le
comble de ses inspirations.*

était le Mephistophélès de son *Docteur Faus-
tus.*

Sans nul doute, Marlowe fut fasciné par la
beauté et la grâce du jeune acteur et l'enleva
au théâtre de Blackfriars afin de leur faire
jouer le Gaveston de son *Edouard II.*

Que Shakespeare eut légalement le droit de
retenir Willie Hughes dans sa propre troupe,
cela résulte à l'évidence du sonnet 87 où il
dit :

*Adieu! tu es un bien trop précieux pour moi
et tu ne sais que trop sans doute ce que tu
vaux :* LA CHARTE *de* TA VALEUR *te permet de te
dégager et les engagements envers moi ont
tous pris fin.*

*Car ai-je d'autres droits sur toi que ceux
que tu m'accordes? Et où sont mes titres, à
tant de richesses? Rien en moi ne peut justifier
ce don splendide* ET AINSI MA PATENTE M'EST-ELLE
RETIRÉE.

Tu t'étais donné à moi par ignorance de

ce que tu vaux ou par une pure méprise sur mon compte. Aussi cette grande concession fondée sur un malentendu, tu la révoques en te ravisant.

Ainsi je t'aurai possédé comme dans l'illusion d'un rêve ; roi dans le sommeil, mais au réveil plus rien.

Mais celui qu'il ne pouvait retenir par amour, il ne voulait pas le retenir par force. Willie Hughes devint un des sujets de la troupe de lord Pembroke et peut-être joua-t-il, dans la cour ouverte de la Taverne du Taureau Rouge, le rôle du délicat favori du roi Edouard.

Lors de la mort de Marlowe, il semble être revenu à Shakespeare qui, quoi qu'en aient pu penser ses camarades de théâtre, ne tarda pas à pardonner le coup de tête et la trahison du jeune acteur.

Vraiment, comme Shakespeare a dessiné en traits précis le tempérament de l'acteur. Willie Hughes était un de ceux-là,

qui ne commettent pas l'action dont ils me-

nacent le plus, qui tout en émouvant les autres sont eux-mêmes comme la pierre.

Il pouvait jouer l'amour, mais il ne pouvait pas l'éprouver. Il pouvait mimer la passion sans la réaliser.

Chez beaucoup l'histoire d'un cœur perfide est écrite dans les regards, écrite dans des moues, des froncements de sourcils, des grimaces étranges.

Mais avec Willie Hughes il n'en était pas ainsi. Le Ciel, dit Shakespeare dans un sonnet d'idolâtrie folle,

le ciel a décrété, en te créant, qu'un doux amour respirerait toujours sur ta face ; quelles que soient tes pensées ou les émotions de ton cœur, ton regard ne peut jamais exprimer que la douceur.

Dans son « esprit inconstant » et son « cœur faux », il était facile de distinguer le défaut de sincérité et la tricherie qui paraît en quelque sorte inséparable de la nature de l'artiste, comme dans son amour des louanges ce désir d'une récompense immédiate qui caractérise tous les acteurs. Et pourtant, en cela plus heureux que les autres acteurs, Willie Hughes devait connaître quelque chose de l'immortalité : inséparablement lié aux pièces de Shakespeare, il devait vivre en elles.

Votre nom tirera de mes vers l'immortalité, lors même qu'une fois disparu je devrais mourir au monde entier. La terre ne peut me fournir qu'une fosse vulgaire, tandis que vous serez enseveli à la vue de toute l'humanité.

Vous aurez pour monument mon noble vers que liront les yeux à venir : et les langues futures rediront votre existence, quand tous les souffles de notre génération seront éteints.

Il y avait des allusions sans fin à la puissance de Willie Hughes sur son auditoire, les « spectateurs attentifs », comme les appelle Shakespeare, mais peut-être la plus parfaite

4.

description de sa merveilleuse maîtrise en art dramatique était-elle dans la *Plainte d'une Amante* où Shakespeare dit de lui :

Il employait à ses artifices une masse de matière subtile à laquelle il donnait les formes les plus étranges : rougeurs enflammées, flots de larmes, pâleurs défaillantes ; il prenait, il quittait tous les visages, pouvant, au gré de ses perfidies, rougir à d'impurs propos, pleurer de douleur ou devenir blanc et s'évanouir avec des mines tragiques.

. . . .

De même au bout de sa langue dominatrice, toutes sortes d'arguments et de questions profondes, de promptes répliques et de fortes raisons dormaient et s'éveillaient sans cesse à son service. Pour faire rire le pleureur et pleurer le rieur, il avait une langue et une éloquence variée, attrapant toutes les passions au piège de son caprice.

Un jour, je crus avoir réellement trouvé Willie Hughes dans la littérature de l'époque d'Elisabeth.

Dans un merveilleux récit des derniers jours du grand comte d'Essex, son chapelain Thomas Knell nous dit que, la nuit qui précéda sa mort, le comte

appela William Hewes qui était son musicien pour jouer sur le virginal et chanter. « — Joue, lui dit-il, mon chant, Will Hewes, et je chanterai moi-même. » Ainsi fit-il très gaîment, non comme le cygne plaintif qui encore dédaigneux pleure sa mort, mais comme une douce alouette qui levant ses ailes et jetant ses yeux vers Dieu, monte vers les nues cristallines et atteint de sa langue intarissable les sommets des cieux altiers.

Sûrement le garçon, qui joua sur le virginal, aux dernières heures de la vie du père de Stella Sydney, n'était autre que le Will Hewes, à qui Shakespeare dédia les *Sonnets* et dont il nous dit qu'il était une douce musique pour un auditeur.

Pourtant, lord Essex mourut en 1576 quand Shakespeare lui-même n'avait que douze ans: il était donc impossible que son musicien fût le monsieur W. H. des *Sonnets*.

Peut-être le jeune ami de Shakespeare était-il le fils de celui qui jouait du virginal.

C'était, du moins, quelque chose d'avoir découvert que Will Hewes était un nom de l'époque d'Elisabeth.

Vraiment le nom de Hewes semble exactement lié à la musique et à la poésie. La première actrice anglaise fut la délicieuse Margaret Hewes dont le prince Rupert fut si éperdument amoureux. Quoi de plus probable qu'entre elle et le musicien de lord Essex il y ait eu le jeune acteur des pièces de Shakespeare !

Mais les preuves, le témoin, où étaient-ils ? Hélas !.. je ne pus les trouver. Il me semblait que j'étais toujours à la veille de la vérification définitive, mais que je ne pouvais jamais y arriver.

De la vie de Willie Hughes, je passai bien vite à la pensée de sa mort. J'étais curieux de savoir quelle avait été sa fin.

Peut-être était-il un de ces acteurs anglais qui, en 1604, passèrent en Allemagne et jouèrent devant le grand duc Henry-Julius de

Brunswick [1], lui-même dramaturge de valeur, et à la cour de cet étrange électeur de Brandebourg qui était si amouraché de beauté qu'on a dit qu'il acheta à son poids d'ambre le jeune fils d'un marchand ambulant grec et qu'il donna, en l'honneur de son esclave, des fêtes durant toute cette terrible année de famine 1606-1607, quand le peuple mourait de faim dans les rues de la ville et que, depuis sept mois, il n'était pas tombé une goutte de pluie.

Enfin, nous savons que *Roméo et Juliette* fut joué à Dresde en 1613, côte à côte avec *Hamlet* et le *Roi Lear*, et ce n'est sûrement pas à un autre que Willie Hughes que fut, en 1615, remis le masque moulé sur la tête de Shakespeare mort, par la main de quelqu'un de la suite de l'ambassadeur d'Angleterre, — faible souvenir du grand poète qui l'avait si tendrement aimé.

1. Henry-Julius de Brunswick (1589-1613), fils du troisième duc de Brunswick-Wolfenbuttel, prince lettré, auteur de deux drames en prose, grand bâtisseur de châteaux et grand dépensier. (*Note du Traducteur.*)

Vraiment, il y avait quelque chose de véritablement captivant dans l'idée que le jeune acteur, dont la beauté avait un élément vital dans le réalisme et le romantisme de l'art de Shakespeare, avait été le premier à porter en Allemagne la semence de la nouvelle civilisation et s'était trouvé, dans cette voie, le précurseur de cette *aufklarung*, ou illumination, du xviii° siècle, ce splendide mouvement qui, bien que, initié par Lessing et Herder et porté à son plein et à sa perfection par Gœthe, ne fut pas pour une petite part aidé par un autre acteur, Friedrich Schrœder, qui réveilla la conscience populaire et, au mépris des passions feintes et des méthodes mimiques de la scène, montra le lien intime et vital entre la vie et la littérature.

Si cela était ainsi, — et rien ne prouvait certes qu'il en fût autrement, — il n'était pas improbable que Willie Hughes fût un des comédiens anglais (*mimæ quidam ex Britannia*, comme les appelle la vieille chronique) qui furent égorgés à Nuremberg dans un soulèvement soudain de la populace et

ensevelis en secret dans une petite vigne,
hors de la ville, par quelques jeunes gens
« qui s'étaient plu à leurs représentations et
dont quelques-uns avaient rêvé d'être instruits dans les mystères de l'art nouveau. »

Certes, il ne pouvait y avoir de place plus
appropriée pour celui à qui Shakespeare avait
dit :

« *Tu es tout mon art,* »

que cette petite vigne au delà des murs de
la cité. Car n'était-ce pas des douleurs de
Dionysos que la tragédie était née? N'avait-
on pas pour la première fois entendu s'épa-
nouir sur les lèvres des vignerons de Sicile
le rire clair de la comédie, avec sa gaîté
insoucieuse et ses vives reparties. Et qui
plus est, la tache pourprine et rouge du vin
écumant sur le visage et aux mains n'avait-
elle pas donné la première suggestion du
charme et de la fascination du déguisement,
le désir de dépouiller sa personnalité, le sens
de la valeur de l'objectivité se montrant ainsi
dans les rudes débuts de l'art.

A tout prendre, où qu'il fut enseveli, que ce fut dans la petite vigne aux portes de la ville gothique, ou dans quelque triste cimetière d'église de Londres parmi le tumulte et le brouhaha de notre grande ville, nul monument pompeux ne marquait la place où il reposait.

Sa vraie tombe, comme l'avait dit Shakespeare, était le vers du poète, son vrai monument la pérennité du drame.

Ainsi il en a été pour d'autres, dont la beauté a donné une nouvelle impulsion motrice à leur époque.

Le corps ivoirin de l'esclave de Bithynie pourrit dans la vase verte du Nil et la poussière du jeune Athénien jonche les jaunes collines du Céramique, mais Antinoüs vit dans la sculpture et Charmidès dans la philosophie.

III

Trois semaines s'étaient écoulées.

Je résolus d'adresser à Erskine un ardent appel, l'invitant à rendre justice à la mémoire de Cyril Graham et à donner au monde sa merveilleuse interprétation des *Sonnets*, la seule interprétation qui fournit une explication du problème.

Je n'ai aucune copie de ma lettre, je regrette de le dire, et je n'ai pas pu mettre la main sur l'original, mais je me souviens que je parcourus tout le terrain et que je couvris des feuillets de papier de la répétition passionnée d'arguments et de preuves que l'étude m'avait suggérés.

5

Il me sembla que je ne restituais pas seulement à Cyril Graham la place qui lui était due dans l'histoire littéraire, mais que je rachetais l'honneur de Shakespeare lui-même de l'odieux souvenir d'une critique banale.

Je mis dans la lettre tout mon enthousiasme ; je mis dans la lettre toute ma foi, mais je ne l'avais pas plus tôt expédiée qu'il se produisit en moi une curieuse réaction.

Il me sembla que j'avais fait abdication de mes facultés en croyant à l'hypothèse Willie Hughes, que quelque chose s'était éteint en moi, — ce qui était exact, — et que j'étais maintenant parfaitement indifférent à toute la question.

Qu'était-il donc advenu ?

C'est difficile à dire.

Peut-être avais-je épuisé mon ardeur même en en cherchant l'expression parfaite ? Les forces émotionnelles, de même que les forces de la vie physique, ont leurs limites expresses.

Peut-être le simple effort de convertir quelqu'un à une théorie compliquée, implique-t-il quelque forme de renonciation à la faculté de croire?

Peut-être étais-je simplement las de tout le problème et, mon enthousiasme s'étant consumé, ma raison en revint à son propre jugement sans passion?

Quelle qu'en fut la cause, et je ne prétends pas en fournir l'explication, — il n'y avait pas de doute que Willie Hughes était soudain devenu pour moi un pur mythe, un rêve oiseux, l'imagination enfantine d'un jeune homme, qui, comme bien des esprits ardents, était plus soucieux de convaincre les autres que d'être lui-même convaincu.

Comme j'avais dit à Erskine dans ma lettre des choses très injustes et très amères, je décidai d'aller le voir une fois et de m'excuser auprès de lui de ma conduite.

Conformément à cette résolution, le lendemain matin, je poussai jusqu'à Bird Cage-walk.

Je trouvai Erskine assis dans sa bibliothèque, le faux portrait de Willie Hughes en face de lui.

— Mon cher Erskine, m'écriai-je. Je viens vous faire mes excuses.

— Me faire vos excuses! dit-il. Et pourquoi?

— Pour ma lettre, répondis-je.

— Vous n'avez rien à regretter dans votre lettre, dit-il. Au contraire, vous m'avez rendu le plus grand service qui soit en votre pouvoir. Vous m'avez montré que la théorie de Cyril Graham est d'une solidité parfaite.

— Vous ne voulez pas dire que vous croyez à Willie Hugues? m'exclamai-je.

— Et pourquoi pas? répliqua-t-il. Vous m'avez fait la preuve de son existence. Croyez-vous que je ne sache pas priser à son prix la valeur de l'évidence?

En m'enfonçant dans un fauteuil, je gémis:

— Mais il n'y a là aucune espèce d'évidence. Quand je vous ai écrit, j'étais sous l'influence d'un enthousiasme tout à fait niais. J'avais été ému par l'histoire de la mort de Cyril Graham, fasciné par le romanesque de sa théorie, conquis par le merveilleux et la

nouveauté de ses aperçus. Je vois maintenant que la théorie est basée sur une illusion. La seule preuve de l'existence de Willie Hughes est ce portrait qui est là devant
vous et ce portrait est un faux. Ne vous laissez donc pas entraîner par un pur sentiment
dans cette affaire. Quoique le roman puisse
plaider en faveur de la théorie de Willie Hughes, la raison a prononcé contre elle un arrêt définitif.

— Je ne vous comprends pas, fit Erskine en
me regardant avec stupéfaction. Quoi! vous-
même, vous m'avez convaincu par votre lettre que Willie Hughes était une réalité absolue. Pourquoi avez-vous changé de convic-
tion? Ou bien tout ce que vous m'avez dit
n'était-il qu'un simple jeu?

— Je ne puis vous expliquer cela, répliquai-je, mais je vois maintenant qu'il n'y a
réellement rien à dire en faveur de l'interprétation de Cyril Graham. Les *Sonnets* sont
adressés à lord Pembroke. Pour l'amour du
ciel, ne gaspillez pas votre temps dans une
tentative folle pour découvrir un jeune acteur

de l'époque d'Elisabeth qui n'a jamais existé et pour faire de cette marionnette fantôme le centre du grand cycle des *Sonnets* de Shakespeare.

— Je vois que vous ne comprenez pas la théorie, répliqua-t-il.

— Que je ne la comprends pas, mon cher Erskine! m'écriaj-je. Mais je la sens, comme si je l'avais inventée. Sûrement ma lettre vous prouve que non seulement je possède toute la question, mais que j'ai apporté mon contingent de preuves de tout genre. Le seul défaut de la théorie est qu'elle présuppose l'existence de la personne dont l'existence est en discussion. Si nous admettons qu'il y avait dans la troupe de Shakespeare un jeune acteur du nom de Willie Hughes, il n'est pas difficile d'en faire l'objet des *Sonnets,* mais comme nous savons qu'il n'y avait pas d'acteur de ce nom dans la compagnie du Théâtre du Globe, il est inutile de pousser plus loin les recherches.

— Mais c'est exactement ce que nous ne savons pas, dit Erskine. Il est tout à fait vrai

que son nom ne se trouve pas sur la liste donnée à la première page, mais comme Cyril
l'indiqua, c'est plutôt là une preuve de l'existence de Willie Hughes qu'une preuve contraire si nous nous souvenons qu'il aban-
donna avec perfidie Shakespeare au profit
d'un rival dramatique.

Nous raisonnâmes là-dessus pendant des
heures, mais rien de ce que je pus dire, ne
put obliger Erskine à renoncer à sa confiance
dans l'interprétation de Cyril Graham.

Il me dit qu'il prétendait vouer sa vie à
prouver la théorie et qu'il était déterminé à
faire rendre justice à la mémoire de Cyril
Graham.

Je le priai. Je le raillai, je le suppliai, mais
cela ne servit à rien.

Bref, nous nous séparâmes, non pas tout
à fait fâchés, mais certainement avec une
ombre entre nous.

Il me crut borné; je le crus fou.

Quand je me rendis chez lui de nouveau,
son domestique me dit qu'il était parti pour
l'Allemagne.

Deux ans plus tard, comme j'entrais à mon club, le valet de service à la conciergerie me remit une lettre qui portait le timbre de l'étranger.

Elle venait d'Erskine qui m'écrivait de l'hôtel d'Angleterre à Cannes.

Quand je lus sa lettre, je fus rempli d'horreur, bien que je ne pusse vraiment croire qu'il serait assez fou pour exécuter sa résolution.

Le point principal de sa lettre était qu'il avait essayé par tous les moyens possibles de vérifier la théorie de Willie Hughes et qu'il avait échoué, de même que Cyril Graham avait donné sa vie pour cette théorie, il avait résolu de donner la sienne, également pour la même cause.

La conclusion de la lettre était celle-ci :

« Je crois encore à Willie Hughes et au moment où vous recevrez ceci, je serai mort de ma propre main pour l'amour de Willie Hughes, pour lui et pour Cyril Graham que j'ai poussé à mourir par mon scepticisme niais et mon ignorant manque de foi.

« La vérité vous fut une fois révélée. Vous l'avez rejetée.

« Maintenant vous voilà taché du sang de deux hommes : ne vous en détournez plus. »

Ce fut un moment horrible.

J'en étais malade de chagrin et, pourtant je n'y pouvais croire.

Mourir pour ses croyances religieuses est le pire usage qu'on puisse faire de sa vie ; mais mourir pour une théorie littéraire cela semblait impossible.

Je regardai la date.

La lettre avait été écrite une semaine avant.

Quelque malencontreuse chance m'avait détourné d'aller au club pendant quelques jours. Là, j'aurais pu la recevoir à temps pour le sauver.

Peut-être il n'était pas trop tard.

Je courus chez moi. Je fis mes bagages et je partis de Charing-Cross par le train de nuit.

Le voyage fut insupportable. Je crus que je n'arriverais jamais.

Sitôt débarqué, je courus à l'hôtel d'Angleterre.

5.

On me dit qu'Erskine avait été enterré deux jours avant au cimetière des Anglais.

Il y avait dans toute cette tragédie quelque chose d'horriblement grotesque.

Je dis toute sorte de paroles incohérentes dans le hall de l'hôtel et on me regardait d'un air de curiosité.

Tout à coup, lady Erskine, en grand deuil, traversa le vestibule.

Quand elle me vit, elle vint à moi, murmura quelques mots sur son pauvre fils et fondit en larmes.

Je la conduisis dans son salon.

Un vieux monsieur prit soin d'elle : c'était le médecin anglais.

Nous causâmes beaucoup d'Erskine, mais je ne soufflai mot des mobiles qui l'avaient poussé au suicide. Il était évident qu'il n'avait rien dit à sa mère de la raison qui l'avait amené à un acte si funeste, si fou.

Enfin, lady Erskine se leva et dit :

— Georges vous a laissé quelque chose à titre de souvenir. C'est une chose qu'il tenait en haute estime. Je vais vous la remettre.

Sitôt qu'elle eut quitté la pièce, je me tournai vers le docteur et lui dis :

— Quelle épouvantable secousse cette mort a dû être pour lady Erskine. Je suis surpris qu'elle la supporte comme elle l'a fait.

— Oh ! Il y a des mois qu'elle était prévenue de ce qui allait arriver, répondit-il.

— Elle était prévenue depuis des mois ! m'écriai-je, mais comment ne l'en a-t-elle pas détourné ? Comment n'a-t-elle pas veillé sur lui ? Il devait être fou.

Le docteur me regarda avec de grands yeux.

— Je ne comprends pas ce que vous voulez dire, fit-il.

— Bah ! m'écriai-je, si une mère sait que son fils va se suicider...

— Se suicider ! répondit-il. Le pauvre Erskine ne s'est pas suicidé. Il est mort de consomption... Il est venu mourir ici. Sitôt que je le vis, je compris qu'il n'y avait pas d'espoir. Un poumon était presque perdu ; l'autre était très atteint. Trois jours avant sa mort, il me demanda s'il n'y avait plus d'espoir. Je lui répondis franchement qu'il n'y en avait aucun et qu'il n'avait plus que peu de jours à vivre. Il écrivit quelques lettres. Il était tout à fait résigné et conserva sa connaissance jusqu'à sa dernière heure.

A ce moment, lady Erskine entra dans la pièce, le fatal portrait de Willie Hughes à la main.

— Quand Georges allait expirer, il m'a priée de vous donner ceci, dit-elle.

Comme je pris le portrait, ses larmes tombèrent sur mes mains.

Le portrait est maintenant dans ma bibliothèque où il est admiré de mes amis artistes. Ils ont décidé que ce n'est pas un Clouet mais un Oudry [1].

Je ne me suis jamais soucié de leur dire sa véritable histoire. Mais quelquefois quand je le regarde, je pense qu'il y a vraiment beaucoup à dire sur la théorie Willie Hughes des *Sonnets* de Shakespeare.

1. P. Oudry, peintre français inconnu, est l'auteur d'un portrait de Marie Stuart qui figure à la National Gallery. (*Note du traducteur.*)

LE
FANTOME DE CANTERVILLE

NOUVELLE HYLO-IDÉALISTE

Cette nouvelle, parue pour la première fois en 1891 à la suite de l'édition originale du *Crime de lord Arthur Savile*, a été réimprimée pour une circulation privée depuis la mort d'Oscar Wilde.

LE
FANTOME DE CANTERVILLE

NOUVELLE HYLO-IDÉALISTE

I

Lorsque M. Hiram B. Otis, le ministre d'A-mérique, fit l'acquisition de Canterville-Chase, tout le monde lui dit qu'il faisait là une très grande sottise, car on ne doutait aucunement que l'endroit ne fût hanté.

D'ailleurs, lord Canterville lui-même, en homme de l'honnêteté la plus scrupuleuse, s'était fait un devoir de faire connaître la chose à M. Otis, quand ils en vinrent à dis-cuter les conditions.

— Nous-mêmes, dit lord Canterville, nous n'avons point tenu à habiter cet endroit de-

puis l'époque où ma grand'tante, la duchesse
douairière de Bolton, a été prise d'une défail-
lance causée par l'épouvante qu'elle éprouva,
et dont elle ne s'est jamais remise tout à fait,
en sentant deux mains de squelette se poser
sur ses épaules, pendant qu'elle s'habillait
pour le dîner.

Je me crois obligé à vous dire, M. Otis,
que le fantôme a été vu par plusieurs membres de ma famille qui vivent encore, ainsi
que par le recteur de la paroisse, le révérend
Auguste Dampier, qui est un agrégé du
King's-Collège, d'Oxford.

'Après le tragique accident survenu à la
duchesse, aucune de nos jeunes domestiques
n'a consenti à rester chez nous, et bien souvent lady Canterville a été privée de sommeil
par suite des bruits mystérieux qui venaient
du corridor et de la bibliothèque.

— Mylord, répondit le ministre, je prendrai
l'ameublement et le fantôme sur inventaire.
J'arrive d'un pays moderne, où nous pouvons
avoir tout ce que l'argent est capable de procurer, et avec nos jeunes et délurés gaillards

qui font les cent coups dans le vieux monde,
qui enlèvent vos meilleurs acteurs, vos meilleures prima-donnas, je suis sûr que s'il y
avait encore un vrai fantôme en Europe,
nous aurions bientôt fait de nous l'offrir pour
le mettre dans un de nos musées publics, ou
pour le promener sur les grandes routes
comme un phénomène.

— Le fantôme existe, je le crains, dit lord
Canterville, en souriant, bien qu'il ait tenu
bon contre les offres de vos entreprenants
impresarios. Voilà plus de trois siècles qu'il
est connu. Il date, au juste, de 1574, et ne
manque jamais de se montrer quand il va se
produire un décès dans la famille.

— Bah! le docteur de la famille n'agit pas
autrement, lord Canterville. Mais, monsieur,
un fantôme, ça ne peut exister, et je ne suppose pas que les lois de la nature comportent
des exceptions en faveur de l'aristocratie anglaise.

— Certainement, vous êtes très nature en
Amérique, dit lord Canterville, qui ne com-
prenait pas très bien la dernière remarque

de M. Otis. Mais s'il vous plaît d'avoir un fantôme dans la maison, tout est pour le mieux. Rappelez-vous seulement que je vous ai prévenu.

Quelques semaines plus tard, l'achat fut conclu, et vers la fin de la saison, le ministre et sa famille se rendirent à Canterville.

Mrs Otis, qui, sous le nom de miss Lucretia R. Tappan, de la West 52° rue, avait été une illustre *belle* de New-York, était encore une très belle femme, d'âge moyen, avec de beaux yeux et un profil superbe.

Bien des dames américaines, quand elles quittent leur pays natal, se donnent des airs de personnes atteintes d'une maladie chronique, et se figurent que c'est là une des formes de la distinction en Europe, mais Mrs Otis n'était jamais tombée dans cette erreur.

Elle avait une constitution magnifique, et une abondance extraordinaire de vitalité.

A vrai dire, elle était tout à fait anglaise, à bien des points de vue, et on eût pu la citer à bon droit pour soutenir la thèse que nous avons tous en commun avec l'Amérique, en notre temps, excepté la langue, cela s'entend.

Son fils aîné, baptisé Washington par ses parents dans un moment de patriotisme qu'il ne cessait de déplorer, était un jeune homme blond, assez bien tourné, qui s'était posé en candidat pour la diplomatie en conduisant le cotillon au Casino de Newport pendant trois saisons de suite, et même à Londres, il passait pour un danseur hors ligne.

Ses seules faiblesses étaient les gardenias et la pairie. A cela près, il était parfaitement sensé.

Miss Virginia E. Otis était une fillette de quinze ans, svelte et gracieuse comme un faon, avec un bel air de libre allure dans ses grands yeux bleus.

C'était une amazone merveilleuse, et sur son poney, elle avait une fois battu à la course le vieux lord Bilton, en faisant deux fois le tour du parc, et gagnant d'une longueur et demie, juste en face de la statue d'Achille, ce qui avait provoqué un délirant enthousiasme chez le jeune duc de Cheshire, si bien qu'il lui proposa séance tenante de l'épouser, et que ses tuteurs durent l'expédier le soir même à Eton, tout inondé de larmes.

Après Virginia, il y avait les jumeaux, connus d'ordinaire sous le nom d'Etoiles et Bandes, parce qu'on les prenait sans cesse à les arborer.

C'étaient de charmants enfants, et avec le digne ministre, les seuls vrais républicains de la famille.

Comme Canterville-Chase est à sept milles d'Ascot, la gare la plus proche, M. Otis avait télégraphié qu'on vînt les prendre en voiture découverte, et on se mit en route dans des dispositions fort gaies.

C'était par une charmante soirée de juillet, où l'air était tout embaumé de la senteur des pins.

De temps à autre, on entendait un ramier roucoulant de sa plus douce voix, ou bien on entrevoyait, dans l'épaisseur et le froufrou de la fougère le plastron d'or bruni de quelque faisan.

De petits écureuils les épiaient du haut des hêtres, sur leur passage ; des lapins déta-

laient à travers les fourrés, ou par dessus
les tertres mousseux, en dressant leur queue
blanche. .

Néanmoins dès qu'on entra dans l'avenue
de Canterville-Chase, le ciel se couvrit soudain de nuages. Un silence singulier sembla
gagner toute l'atmosphère. Un grand vol de
corneilles passa sans bruit au-dessus de leurs
têtes, et avant qu'on fût arrivé à la maison,
quelques grosses gouttes de pluie étaient
tombées.

Sur les marches se tenait pour les recevoir
une vieille femme convenablement mise en
robe de soie noire, en bonnet et tablier blancs.

C'était Mrs Umney, la gouvernante, que
Mrs Otis, sur les vives instances de lady
Canterville, avait consenti à conserver dans
sa situation.

Elle fit une profonde révérence à la famille
quand on mit pied à terre, et dit avec un accent bizarre du bon vieux temps :

— Je vous souhaite la bienvenue à Canterville-Chase.

On la suivit, en traversant un beau hall

en style Tudor, jusque dans la bibliothèque,
salle longue, vaste, qui se terminait par une
vaste fenêtre à vitraux.

Le thé les attendait.

Ensuite, quand on se fut débarrassé des
effets de voyage, on s'assit, on se mit à regarder autour de soi, pendant que Mrs Umney s'empressait.

Tout à coup le regard de Mrs Otis tomba
sur une tache d'un rouge foncé sur le parquet, juste à côté de la cheminée, et sans se
rendre aucun compte de ses paroles, elle dit
à Mrs Umney :

— Je crains qu'on n'ait répandu quelque
chose à cet endroit.

— Oui, madame, répondit Mrs Umney à
voix basse. Du sang a été répandu à cet endroit.

— C'est affreux! s'écria Mrs Otis. Je ne
veux pas de taches de sang dans un salon. Il
faut enlever ça tout de suite.

La vieille femme sourit, et de sa même
voix basse, mystérieuse, elle répondit :

— C'est le sang de lady Eleonor de Canterville, qui a été tuée en cet endroit même par son propre mari, sir Simon de Canterville, en 1575. Sir Simon lui survécut neuf ans, et disparut soudain dans des circonstances très mystérieuses. Son corps ne fut jamais retrouvé, mais son âme coupable continue à hanter la maison. La tache de sang a été fort admirée des touristes et d'autres personnes, mais l'enlever... c'est impossible.

— Tout ça, c'est des bêtises, s'écria Washington Otis. Le produit détachant, le nettoyeur incomparable du champion Pinkerton fera disparaître ça en un clin d'œil.

Et avant que la gouvernante horrifiée eût pu intervenir, il s'était agenouillé, et frottait vivement le parquet avec un petit bâton d'une substance qui ressemblait à du cosmétique noir.

Peu d'instants après, la tache avait disparu sans laisser aucune trace.

— Je savais bien que le Pinkerton en aurait raison, s'écria-t-il d'un ton de triomphe, en promenant un regard circulaire sur la famille en admiration.

6

Mais à peine avait-il prononcé ces mots qu'un éclair formidable illumina la pièce sombre, et qu'un terrible roulement de tonnerre mit tout le monde debout, excepté Mrs Umney, qui s'évanouit.

— Quel affreux climat ! dit tranquillement le ministre, en allumant un long cigare. Je m'imagine que le pays des aïeux est tellement encombré de population, qu'il n'y a pas assez de beau temps pour tout le monde. J'ai toujours été d'avis que ce que les Anglais ont de mieux à faire, c'est d'émigrer.

— Mon cher Hiram, s'écria Mrs Otis, que pouvons-nous faire d'une femme qui s'évanouit ?

— Nous déduirons cela sur ses gages avec la casse, répondit le ministre. Après ça, elle ne s'évanouira plus.

Et, en effet, Mrs Umney ne tarda pas à reprendre ses sens.

Toutefois il était évident qu'elle était bouleversée de fond en comble ; et d'une voix austère, elle avertit Mrs Otis qu'elle eût à s'attendre à quelque ennui dans la maison.

— J'ai vu de mes propres yeux, des choses... Monsieur, dit-elle, à faire dresser les
cheveux sur la tête à un chrétien. Et pendant
des nuits, et des nuits, je n'ai pu fermer
l'œil, à cause des faits terribles qui se passent ici.

Néanmoins Mrs Otis et sa femme certifiè-
rent à la bonne femme, avec vivacité qu'ils
n'avaient nulle peur des fantômes.

La vieille gouvernante, après avoir appelé
la bénédiction de la Providence sur son nouveau maître et sa nouvelle maîtresse, et pris
des arrangements pour qu'on augmentât ses
gages, rentra chez elle en clopinant.

II

La tempête se déchaîna pendant toute la
nuit, mais il ne se produisit rien de remarquable.

Le lendemain, quand on descendit pour déjeuner, on retrouva sur le parquet la terrible
tache.

— Je ne crois pas que ce soit la faute du
Nettoyeur sans rival, dit Washington, car je
l'ai essayé sur toute sorte de tache. Ça doit
être le fantôme.

En conséquence, il effaça la tache par quelques frottements.

Le surlendemain, elle avait reparu.

Et pourtant la bibliothèque avait été fermée à clef, et Mrs Otis avait emporté la clef en haut.

Dès lors, la famille commença à s'intéresser à la chose.

M. Otis était sur le point de croire qu'il avait été trop dogmatique en niant l'existence des fantômes.

Mrs Otis exprima l'intention de s'affilier à la Société Psychique, et Washington prépara une longue lettre à MM. Myers et Podmore [1], au sujet de la persistance des taches de sang quand elles résultent d'un crime.

Cette nuit-là leva tous les doutes sur l'existence objective des fantômes.

La journée avait été chaude et ensoleillée.

La famille profita de la fraîcheur de la soirée pour faire une promenade en voiture.

On ne rentra qu'à neuf heures, et on prit un léger repas.

1. Auteurs des *Phantasms of the living*, traduit en français par L. Marillier, avec préface de Charles Ribot sous le titre *Les hallucinations télépathiques*, 1891. (*Note du traducteur.*)

6.

La conversation ne porta nullement sur les fantômes, de sorte qu'il manquait même les conditions les plus élémentaires d'attente et de réceptivité qui précèdent si souvent les phénomènes psychiques.

Les sujets qu'on discuta, ainsi que je l'ai appris plus tard de M. Otis, furent simplement ceux qui alimentent la conversation des Américains cultivés, qui appartiennent aux classes supérieures, par exemple l'immense supériorité de miss Janny Davenport sur Sarah Bernardt, comme actrice ; la difficulté de trouver du maïs vert, des galettes de sarrasin, de la polenta, même dans les meilleures maisons anglaises, l'importance de Boston dans l'expansion de l'âme universelle, les avantages du système qui consiste à enregistrer les bagages des voyageurs ; puis la douceur de l'accent new-yorkais, comparé au ton traînant de Londres.

Il ne fut aucunement question de surnaturel. On ne fit pas la moindre allusion, même indirecte à sir Simon de Canterville.

A onze heures, la famille se retira.

A onze et demie, toutes les lumières étaient éteintes.

Quelques' instants plus tard, M. Otis fut réveillé par un bruit singulier dans le corridor, en dehors de sa chambre. Cela ressemblait à un bruit de ferraille, et se rapprochait de plus en plus.

Il se leva aussitôt, fit flamber une allumette, et regarda l'heure.

Il était une heure juste.

M. Otis était tout à fait calme. Il se tâta le pouls, et ne le trouva pas du tout agité.

Le bruit singulier continuait, en même temps que se faisait entendre distinctement un bruit de pas.

M. Otis mit ses pantoufles, prit dans son nécessaire de toilette une petite fiole allongée et ouvrit la porte.

Il aperçut juste devant lui, dans le pâle clair de lune, un vieil homme d'aspect terrible.

Les yeux paraissaient comme des charbons' rouges. Une longue chevelure grise tombait en mèches agglomérées sur ses épaules. Ses vêtements, d'une coupe antique, étaient salis, déchirés. De ses poignets et de ses chevilles pendaient de lourdes chaînes et des entraves rouillées.

— Mon cher Monsieur, dit M. Otis, permettez-moi de vous prier instamment d'huiler ces chaînes. Je vous ai apporté tout exprès une petite bouteille du Graisseur de Tammany-Soleil-Levant. On dit qu'une seule application est très efficace, et sur l'enveloppe il y a plusieurs certificats des plus éminents théologiens de chez nous qui en font foi. Je vais la laisser ici pour vous à côté des bougeoirs, et je me ferai un plaisir de vous en procurer davantage, si vous le désirez.

Sur ces mots, le ministre des Etats-Unis posa la fiole sur une table de marbre, ferma la porte, et se remit au lit.

Pendant quelques instants, le fantôme de Canterville resta immobile d'indignation.

Puis lançant rageusement la fiole sur le parquet ciré, il s'enfuit à travers le corridor, en poussant des grondements caverneux, et émettant une singulière lueur verte.

Néanmoins comme il arrivait au grand escalier de chêne, une porte s'ouvrit soudain.

Deux petites silhouettes drapées de blanc se montrèrent, et un lourd oreiller lui frôla la tête.

Evidemment, il n'y avait pas de temps à perdre, aussi, utilisant comme moyen de fuite la quatrième dimension de l'espace, il s'évanouit à travers le badigeon, et la maison reprit sa tranquillité.

Parvenu dans un petit réduit secret de l'aile gauche, il s'adossa à un rayon de lune pour reprendre haleine, et se mit à réfléchir pour se rendre compte de sa situation.

Jamais dans une brillante carrière qui avait duré trois cents ans de suite, il n'avait été insulté aussi grossièrement.

Il se rappela la duchesse douairière qu'il avait jetée dans une crise d'épouvante pendant qu'elle se contemplait, couverte de dentelles et de diamants devant la glace ; les quatre bonnes, qu'il avait affolées en des convulsions hystériques, rien qu'en leur faisant

des grimaces entre les rideaux d'une des
chambres d'amis; le recteur de la paroisse
dont il avait soufflé la bougie, pendant qu'il
revenait de la bibliothèque, à une heure avancée et qui depuis était devenu un client assidu
de sir William Gull, et un martyr de tous
les genres de désordres nerveux; la vieille
madame de Trémouillac, qui se réveillant de
bonne heure, avait vu dans le fauteuil, près
du feu, un squelette occupé à lire le journal
qu'elle rédigeait; et avait été condamnée à
garder le lit pendant six mois par une attaque de fièvre cérébrale.

Une fois remise, elle s'était réconciliée avec
l'Eglise, et avait rompu toutes relations avec
ce sceptique avéré, M. de Voltaire.

Il se rappela aussi la nuit terrible où ce
coquin de lord Canterville avait été trouvé
râlant dans son cabinet de toilette, le valet
de pique enfoncé dans sa gorge, et avait avoué
qu'au moyen de cette même carte, il avait
filouté à Charles Fox, chez Crockford, la somme
de 10,000 livres. Il jurait que le fantôme lui
avait fait avaler cette carte.

Tous ses grands exploits lui revenaient à la mémoire.

Il vit défiler le sommelier qui s'était brûlé la cervelle pour avoir vu une main verte tambouriner sur la vitre; et la belle lady Steelfield, qui était condamnée à porter au cou un collier de velours noir pour cacher la marque de cinq doigts imprimés comme du fer rouge sur sa peau blanche, et qui avait fini par se noyer dans le vivier au bout de l'Allée du Roi.

Et tout plein de l'enthousiasme égotiste du véritable artiste, il passa en revue ses rôles les plus célèbres.

Il s'adressa un sourire amer, en évoquant sa dernière apparition dans le rôle de « Ruben le Rouge ou le nourrisson étranglé » son début dans celui de « Gibéon le Vampire maigre de la lande de Bexley », et la *furore* qu'il avait excitée par une charmante soirée de juin, rien qu'en jouant aux quilles avec ses propres ossements sur la pelouse du lawn-tennis.

Et tout cela pour aboutir à quoi?

De misérables Américains modernes venaient lui offrir le *Graisseur à la marque* du *Soleil Levant!* et ils lui jetaient des oreillers à la tête !

C'était absolument intolérable.

En outre, l'histoire nous apprend que jamais fantôme ne fut traité de cette façon.

La conclusion qu'il en tira, c'est qu'il devait prendre sa revanche, et il resta jusqu'au lever du jour dans une attitude de profonde méditation.

III

Le lendemain, quand le déjeuner réunit la famille Otis, on discuta assez longuement sur le fantôme.

Le ministre des Etats-Unis était, naturellement, un peu froissé de voir que son offre n'avait pas été agréée :

— Je n'ai nullement l'intention de faire au fantôme une injure personnelle, fit-il, et je reconnais que vu la longue durée de son séjour dans la maison, ce n'était pas du tout poli de lui jeter des oreillers à la tête...

Je suis fâché d'avoir à dire que cette observation si juste provoqua chez les jumeaux une explosion de rires.

7

— Mais d'autre part, reprit M. Otis, s'il persiste pour tout de bon à ne pas employer le Graisseur à la marque Soleil Levant, il faudra que nous lui enlevions ses chaines. Il n'y aurait plus moyen de dormir avec tout ce bruit à la porte des chambres à coucher.

Néanmoins, pendant le reste de la semaine, on ne fut pas dérangé.

La seule chose qui attirât quelque attention, c'était la réapparition continuelle de la tache de sang sur le parquet de la bibliothèque.

C'était certes bien étrange, d'autant plus que la porte en était toujours fermée à clef, le soir, par M. Otis, et qu'on tenait les fenêtres soigneusement closes.

Les changements de teinte que subissait la tache, comparables à ceux d'un caméléon, produisirent aussi de fréquents commentaires.

Certains matins, elle était d'un rouge foncé, presque d'un rouge indien : d'autres fois, elle était vermillon ; puis d'un pourpre riche, et une fois, quand on descendit pour faire la prière conformément aux simples rites de la

libre Eglise épiscopale réformée d'Amérique,
on la trouva d'un beau vert-émeraude.

Naturellement ces permutations de kaléi-
doscope amusèrent beaucoup la troupe, et on
faisait chaque soir des paris sans se gêner.

La seule personne qui ne prît point de part
à la plaisanterie était la petite Virginie.

Pour certaine raison ignorée, elle était toujours vivement impressionnée à la vue de la
tache de sang, et elle fut bien près de pleurer
le matin où la tache parut vert-émeraude.

Le fantôme fit sa seconde apparition une
nuit de dimanche.

Peu de temps après qu'on fut couché, on
fut soudain alarmé par un énorme fracas qui
s'entendit dans le hall.

On descendit à la hâte, et on trouva qu'une
armure complète s'était détachée de son sup-
port, et était tombée sur les dalles.

Tout près de là, assis dans un fauteuil au
dossier élevé, le fantôme de Canterville se fric-
tionnait les genoux, avec une expression de
vive souffrance peinte sur la figure.

Les jumeaux, qui s'étaient munis de leurs

sarbacanes, lui lancèrent aussitôt deux bou-
lettes avec cette sûreté de coup d'œil qu'on ne
peut acquérir qu'à force d'exercices longs et
patients sur le professeur d'écriture.

Pendant ce temps-là, le ministre des Etats-
Unis tenait le fantôme dans la ligne de son
revolver, et conformément à l'étiquette califor-
nienne, le sommait de lever les mains en l'air.

Le fantôme se leva brusquement en poussant un cri de fureur sauvage, et se dissipa
au milieu d'eux, comme un brouillard, en
éteignant au passage la bougie de Washington Otis, et laissant tout le monde dans la
plus complète obscurité.

Quand il fut au haut de l'escalier, il reprit
possession de lui-même, et se décida à lancer
son célèbre carillon d'éclats de rire satani-
ques.

En maintes occasions, il avait expérimenté
l'utilité de ce procédé.

On raconte que cela avait fait grisonner en
une seule nuit la perruque de lord Raker.

Il est certain qu'il n'en avait pas fallu
davantage pour décider les trois gouvernantes

françaises à donner leur démission avant
d'avoir fini leur premier mois.

En conséquence il lança son éclat de rire
le plus horrible, réveillant de proche en proche les échos sous les antiques voûtes, mais
à peine les terribles sonorités s'étaient-elles
éteintes qu'une porte s'ouvrit, et qu'apparut
en robe bleu-clair Mrs Otis.

— Je crains, dit-elle, que vous ne soyez
indisposé, et je vous ai apporté une fiole de
la teinture du docteur Dobell. Si c'est une in-
digestion, ça vous fera beaucoup de bien.

Le fantôme la regarda avec des yeux flam-
bants de fureur, et se mit en mesure de se
changer en un gros chien noir.

C'était un tour qui lui avait valu une répu-
tation bien méritée, et auquel le médecin de
la famille attribuait toujours l'idiotie incu-
rable de l'oncle de lord Canterville, l'honorable Thomas Horton.

Mais le bruit de pas qui se rapprochaient
le fit chanceler dans sa cruelle résolution, et
il se contenta de se rendre légèrement phos-
phorescent.

Puis, il s'évanouit, après avoir poussé un gémissement sépulcral, car les jumeaux allaient le rattraper.

Rentré chez lui, il se sentit brisé, en proie à la plus violente agitation.

La vulgarité des jumeaux, le grossier matérialisme de Mrs Otis, tout cela était certes très vexant, mais ce qui l'humiliait le plus, c'est qu'il n'avait pas la force de porter la cotte de mailles.

Il avait compté faire impression même sur des Américains modernes, les faire frissonner à la vue d'un spectre cuirassé, sinon par des motifs raisonnables, du moins par déférence pour leur poète national Longfellow[1], dont les poésies gracieuses et attrayantes l'avaient aidé bien souvent à tuer le temps, pendant que les Canterville étaient à Londres.

En outre, c'était sa propre armure.

Il l'avait portée avec grand succès au tournoi de Kenilworth, et avait été chaudement

1. Longfelow a publié le *Squelette dans sa cuirasse*, poésie, inspirée par la découverte à Newport d'un squelette cuirassé. (*Note du traducteur.*)

complimenté par la Reine Vierge en personne.

Mais quand il avait voulu la mettre, il avait été absolument écrasé par le poids de l'énorme cuirasse, du heaume d'acier. Il était tombé lourdement sur les dalles de pierre, s'était cruellement écorché les genoux, et contusionné le poignet droit.

Pendant plusieurs jours, il fut très malade, et faisait à peine quelques pas hors de chez lui, juste ce qu'il fallait pour maintenir en bon état la tache de sang.

Néanmoins, à force de soins, il finit par se remettre, et il décida de faire une troisième tentative pour effrayer le ministre des Etats-Unis et sa famille.

Il choisit pour sa rentrée en scène le vendredi 17 août, et consacra une grande partie de cette journée-là à passer la revue de ses costumes.

Son choix se fixa, enfin, sur un chapeau à bords relevés d'un côté et rabattus de l'autre, avec une plume rouge, un linceul effiloché aux manches et au collet, enfin un poignard rouillé.

Vers le soir, un violent orage de pluie éclata.

Le vent était si fort qu'il secouait et faisait battre portes et fenêtres dans la vieille maison.

Bref, c'était bienl e temps qu'il lui fallait.

Voici ce qu'il comptait faire.

Il se rendrait sans bruit dans la chambre de Washington Otis, lui jargonnerait des phrases, en se tenant au pied du lit, et lui planterait trois fois son poignard dans la gorge, au son d'une musique étouffée.

Il en voulait tout particulièrement à Washington, car il savait parfaitement que c'était Washington qui avait l'habitude constante d'enlever la fameuse tache de sang de Canterville, par l'emploi du Nettoyeur incomparable de Pinkerton.

Après avoir réduit à un état de terreur abjecte le téméraire, l'insouciant jeune homme, il devait ensuite pénétrer dans la chambre, occupée par le ministre des Etats-Unis et sa femme.

Alors il poserait une main visqueuse sur le front de Mrs Otis, pendant que d'une voix

sourde, il murmurerait à l'oreille de son mari
tremblant les secrets terribles du charnier.

En ce qui concernait la petite Virginie, il
n'était pas tout à fait fixé.

Elle ne l'avait jamais insulté en aucune
façon. Elle était jolie et douce.

Quelques grognements sourds partant de
l'armoire, cela lui semblait plus que suffisant,
et si ce n'était pas assez pour la réveiller, il
irait jusqu'à tirailler la courte pointe avec ses
doigts secoués par la paralysie.

Pour les jumeaux, il était tout à fait résolu
à leur donner une leçon, la première chose à
faire certes serait de s'asseoir sur leurs poi-
trines, de façon à produire la sensation étouf-
fante du cauchemar. Puis, profitant de ce
que leurs lits étaient très rapprochés, il se
dresserait dans l'espace libre entre eux, sous
l'aspect d'un cadavre vert, froid comme la
glace, jusqu'à ce qu'ils fussent paralysés par
la terreur.

Ensuite, jetant brusquement son suaire, il
ferait à quatre pattes le tour de la pièce, en
squelette blanchi par le temps, avec un œil

7.

roulant dans l'orbite, jouant aussi le « Daniel le Muet ou le Squelette du Suicidé », rôle dans lequel il avait en maintes occasions produit un grand effet. Il s'y jugeait aussi bon que dans son autre rôle « Martin le Maniaque ou le Mystère masqué ».

A dix heures et demie, il entendit la famille qui montait se coucher.

Pendant quelques instants, il fut inquiété par les tumultueux éclats de rire des jumeaux qui, évidemment, avec leur folle gaîté d'écoliers, s'amusaient avant de se mettre au lit, mais à onze heures et quart tout était redevenu silencieux, et quand sonna minuit, il se mit en marche.

La chouette se heurtait contre les vitres de la fenêtre. Le corbeau croassait dans le creux d'un vieil if, et le vent gémissait en errant autour de la maison comme une âme en peine, mais la famille Otis dormait sans se douter aucunement du sort qui l'attendait.

Il percevait distinctement les ronflements réguliers du ministre des Etats-Unis par dessus le bruit de la pluie et de l'orage.

Il se glissa furtivement à travers le badigeon. Un mauvais sourire se dessinait sur sa bouche cruelle et plissée, et la lune cacha sa figure derrière un nuage lorsqu'il passa devant la grande baie ogivale où étaient représentées en bleu et or ses propres armoiries et celles de son épouse assassinée.

Il allait toujours, glissait comme une ombre funeste, qui semblait faire reculer d'horreur les ténèbres elles-mêmes sur son passage.

Une fois, il crut entendre quelqu'un qui appelait; il s'arrêta, mais ce n'était qu'un chien qui aboyait, dans la Ferme Rouge.

Il se remit en marche, en marmottant d'étranges jurons du seizième siècle, et brandissant de temps à autre le poignard rouillé dans la brise de minuit.

Enfin, il arriva à l'angle du passage qui conduisait à la chambre de l'infortuné Washington.

Il y fit une courte pause.

Le vent agitait autour de sa tête ses longues mèches grises, contournait en plis grotesques

et fantastiques l'horreur indicible du suaire
de cadavre.

Alors la pendule sonna le quart.

Il comprit que le moment était venu.

Il s'adressa un ricanement, et tourna l'angle. Mais à peine avait-il fait ce pas, qu'il
recula en poussant un pitoyable gémissement
de terreur en cachant sa face blême dans ses
longues mains osseuses.

Juste en face de lui se tenait, un horrible
spectre, immobile comme une statue, monstrueux comme le rêve d'un fou.

La tête du spectre était chauve et luisante,
la face ronde, potelée, et blanche; un rire
hideux semblait en avoir tordu les traits en
une grimace éternelle; par les yeux sortait à
flots une lumière rouge écarlate. La bouche
avait l'air d'un vaste puits de feu, et un vêtement hideux comme celui de Simon luimême, drapait de sa neige silencieuse la forme
titanique.

Sur la poitrine était fixé un placard portant
une inscription en caractères étranges, antiques.

C'était peut-être un écriteau d'infamie, où étaient inscrits des forfaits affreux, une terrible liste de crimes.

Enfin, dans sa main droite, il tenait un cimeterre d'acier étincelant.

Comme il n'avait jamais vu de fantômes jusqu'à ce jour, il éprouva naturellement une terrible frayeur, et après avoir vite jeté un second regard sur l'affreux fantôme, il regagna sa chambre à grands pas, en trébuchant dans le linceul dont il était enveloppé.

Il parcourut le corridor en courant, et finit par laisser tomber le poignard rouillé dans les bottes à l'écuyère du ministre, où le lendemain, le maître d'hôtel le retrouva.

Une fois rentré dans l'asile de son retrait, il se laissa tomber sur un petit lit de sangle, et se cacha la figure sous les draps. Mais, au bout d'un moment, le courage indomptable des Canterville d'autrefois se réveilla en lui, et il prit la résolution d'aller parler à l'autre fantôme, dès qu'il ferait jour.

En conséquence, dès que l'aube eut argenté de son contact les collines, il retourna à l'endroit où il avait aperçu pour la première fois le hideux fantôme.

Il se disait qu'après tout deux fantômes valaient mieux qu'un seul, et qu'avec l'aide de son nouvel ami, il pourrait se colleter victorieusement avec les jumeaux. Mais quand il fut à l'endroit, il se trouva en présence d'un terrible spectacle.

Il était évidemment arrivé quelque chose au spectre, car la lumière avait complètement disparu de ses orbites.

Le cimeterre étincelant était tombé de sa main, et il se tenait adossé au mur dans une attitude contrainte et incommode.

Simon s'élança en avant, et le saisit dans ses bras, mais quelle fut son horreur, en voyant la tête se détacher, et rouler sur le sol, le corps prendre la posture couchée, et il s'aperçut qu'il étreignait un rideau de grosse toile blanche, et qu'un balai, un couperet de cuisine, et un navet évidé gisaient à ses pieds.

Ne comprenant rien à cette curieuse transformation, il saisit d'une main fiévreuse l'é-

criteau, et y lut, grâce à la lueur grise du
matin, ces mots terribles :

> **Voici le Fantôme Otis**
> **Le seul véritable et authentique Esprit**
> **Se défier des imitations**
> **Tous les autres sont des contrefaçons**

Et toute la vérité lui apparut comme dans
un éclair.

Il avait été berné, mystifié, joué !

L'expression qui caractérisait le regard des
vieux Canterville reparut dans ses yeux ;
il serra ses mâchoires édentées, et levant au-
dessus de sa tête, ses mains flétries, il jura,
conformément à la formule pittoresque de l'é-
cole antique, que quand Chanteclair aurait
sonné deux fois son joyeux appel de cor, des
exploits sanglants s'accompliraient, et que le
Meurtre au pied silencieux sortirait de la re-
traite.

Il avait à peine fini d'énoncer ce redoutable
serment, que d'une ferme lointaine au toit
de tuiles rouges partit un chant de coq.

Il poussa un rire prolongé, lent, amer, et

attendit. Il attendit une heure, puis une autre, mais pour quelque raison mystérieuse,
le coq ne chanta pas une autre fois.

Enfin, vers sept heures et demie, l'arrivée
des bonnes, le contraignit à quitter sa terrible faction, il rentra chez lui, d'un pas fier, en
songeant à son vain serment, et à son vain
projet manqué.

Là il consulta divers ouvrages sur l'ancienne chevalerie, dont la lecture l'intéressait
extraordinairement, et il y vit que Chanteclair avait toujours chanté deux fois, dans
les occasions où l'on avait eu recours à ce
serment.

— Que le diable emporte cet animal de vo-
latile! murmura-t-il. Dans le temps jadis, avec
ma bonne lance, j'aurais fondu sur lui. Je lui
aurais percé la gorge, et je l'aurais forcé à
chanter une autre fois pour moi, dût-il en
crever !

Cela dit, il se retira dans un confortable
cercueil de plomb, et y resta jusqu'au soir.

IV

Le lendemain, le fantôme se sentit très faible, très las.

Les terribles agitations des quatre dernières
semaines commençaient à produire leur effet.

Son système nerveux était complètement
bouleversé, et il sursautait au plus léger
bruit.

Il garda la chambre pendant cinq jours, et
finit par se décider à faire une concession sur
l'article de la tache de sang du parquet de la
bibliothèque. Puisque la famille Otis n'en
voulait pas, c'est qu'elle ne la méritait pas,
c'était clair. Ces gens-là étaient évidemment

situés sur un plan inférieur, matériel d'existence, et parfaitement incapables d'apprécier
la valeur symbolique des phénomènes sen-
sibles.

La question des apparitions de fantômes,
le développement des corps astrals, étaient
vraiment pour elle chose tout à fait étrangère,
et qui n'était réellement pas à sa portée.

C'était pour lui un rigoureux devoir de se
montrer dans le corridor une fois par semaine, et de bafouiller par la grande fenêtre
ogivale le premier et le troisième mercredi de
chaque mois, et il ne voyait aucun moyen
honorable et de se soustraire à son obliga-
tion.

Il était vrai que sa vie avait été très crimi-
nelle, mais d'un autre côté, il était très cons-
ciencieux dans tout ce qui concernait le surnaturel.

Aussi, les trois samedis qui suivirent, il
traversa comme de coutume le corridor entre
minuit et trois heures du matin, en prenant
toutes les précautions possibles pour n'être
ni entendu ni vu.

Il ôtait ses bottes, marchait le plus légèrement qu'il pouvait sur les vieilles planches
vermoulues, s'enveloppait d'un grand manteau de velours noir, et n'oubliait pas de se
servir du Graisseur Soleil Levant pour huiler
ses chaînes. Je suis tenu de reconnaître que
ce ne fut qu'après maintes hésitations qu'il
se décida à adopter ce dernier moyen de pro-
tection.

Néanmoins, une nuit, pendant le dîner de
la famille, il se glissa dans la chambre à coucher de M. Otis, et déroba la fiole.

Il se sentit d'abord quelque peu humilié,
mais dans la suite, il fut assez raisonnable
pour comprendre que cette invention méritait
de grands éloges, et qu'elle concourait dans
une certaine mesure, à favoriser ses plans.

Néanmoins, malgré tout, il ne fut pas à
l'abri des taquineries.

On ne manquait jamais de tendre en travers du corridor des cordes qui le faisaient
trébucher dans l'obscurité, et une fois qu'il
s'était costumé pour le rôle « d'Isaac le Noir,
ou le Chasseur du Bois de Hogsley », il fit

une lourde chute, pour avoir mis le pied sur une glissoire de planches savonnées que les jumeaux avaient bâtie depuis le seuil de la Chambre aux Tapisseries jusqu'en haut de l'escalier de chêne.

Ce dernier affront le mit dans une telle rage, qu'il résolut de faire un suprême effort pour imposer sa dignité et raffermir sa position sociale, et forma le projet de rendre visite, la nuit suivante, aux insolents jeunes Etoniens, en son célèbre rôle de « Rupert le téméraire, ou le Comte sans tête ».

Il ne s'était jamais montré dans ce déguisement depuis soixante-dix ans, c'est-à-dire depuis qu'il avait, par ce moyen, fait à la belle lady Barbara Modish une telle frayeur qu'elle avait repris sa promesse de mariage au grand-père du lord Canterville actuel, et s'était enfuie à Gretna Green, avec le beau Jack Castletown, en jurant que pour rien au monde elle ne consentirait à s'allier à une famille qui tolérait les promenades d'un fantôme si horrible, sur la terrasse, au crépuscule.

Le pauvre Jack fut par la suite tué en duel par lord Cánterville sur la prairie de Wandsworth, et lady Barbara mourut de chagrin à Tunbridge Wells, avant la fin de l'année, de sorte qu'à tous les points de vue, c'était un grand succès.

Néanmoins, c'était, si je puis employer un terme de l'argot théâtral pour l'appliquer à l'un des mystères les plus grands du monde surnaturel ou, pour parler un langage plus scientifique, du monde supérieur de la nature, c'était une création des plus difficiles, et il lui fallut trois bonnes heures pour terminer ses préparatifs.

A la fin, tout fut prêt, et il fut très content de son travestissement.

Les grandes bottes à l'écuyère en cuir, qui étaient assorties avec le costume étaient bien un peu trop larges pour lui ; et il ne put retrouver qu'un des deux pistolets d'arçon, mais à tout prendre, il fut très satisfait ; et à une heure et quart, il passa à travers le badigeon, et descendit vers le corridor.

Quand il fut arrivé près de la pièce occupée

par les jumeaux, et que j'appellerai la chambre à coucher bleue, à cause de la couleur des tentures, il trouva la porte entr'ouverte.

Afin de faire une entrée sensationnelle, il la poussa avec force, mais il reçut une lourde cruche pleine d'eau, qui le mouilla jusqu'aux os, et qui ne manqua son épaule que d'un pouce ou deux.

Au même moment, il perçut des éclats de rire étouffés, qui venaient du grand lit à dais.

Son système nerveux fut si violemment secoué qu'il rentra chez lui à toutes jambes, et le lendemain il resta alité avec un gros rhume.

La seule consolation qu'il trouva, c'est qu'il n'avait pas apporté sa tête sur lui; sans cela les suites auraient pu être bien plus graves.

Désormais, il renonça à tout espoir de jamais épouvanter cette rude famille d'Américains, et se borna, à parcourir le corridor avec des chaussons de lisière, le cou entouré d'un épais foulard, par crainte des courants d'air, et muni d'une petite arquebuse, pour le cas où il serait attaqué par les jumeaux.

Ce fut vers le 19 septembre qu'il reçut le coup de grâce.

Il était descendu par l'escalier jusque dans le grand hall, sûr que dans cet endroit du moins, il était à l'abri des taquineries ; et il s'amusait là à faire des remarques satiriques sur les grands portraits photographiés par Sarow, du ministre des Etats-Unis et de sa femme, qui avaient pris la place des portraits de famille des Canterville.

Il était simplement mais décemment vêtu d'un long suaire parsemé de moisissures de cimetière. Il avait attaché sa mâchoire avec une bande d'étoffe jaune, et portait une petite lanterne et une bêche de fossoyeur.

Bref il était travesti dans le costume de « Jonas le Déterré ou le voleur de cadavres de Chertsey Barn. »

C'était un de ses rôles les plus remarquables, et celui dont les Canterville avaient le plus de sujet de garder le souvenir, car là se trouvait la cause réelle de leur querelle avec leur voisin, lord Rufford.

Il était environ deux heures et quart du matin, et autant qu'il put en juger, personne ne bougeait dans la maison. Mais comme il se dirigeait à loisir du côté de la bibliothèque pour voir ce qui restait de la tache de sang, soudain il vit bondir vers lui d'un coin sombre deux silhouettes qui agitaient follement leurs bras au-dessus de leurs têtes, et lui criaient aux oreilles :

— Boum !

Pris de terreur panique, — ce qui était bien naturel dans la circonstance, — il se précipita du côté de l'escalier; mais il s'y trouva en face de Washington Otis, qui l'attendait armé du grand arrosoir du jardin, si bien que cerné de tous côtés par ses ennemis, réduit presque aux abois, il s'évapora dans le grand poêle de fonte, qui, par bonheur pour lui n'était point allumé, et il se fraya un passage jusque chez lui, à travers tuyaux et cheminées, et arriva à son domicile, dans l'état terrible où l'avaient mis la saleté, l'agitation, et le désespoir.

Depuis on ne le revit jamais en expédition nocturne.

Les jumeaux se mirent maintes fois à l'affût

pour le surprendre, et semèrent dans les corridors des coquilles de noix tous les soirs, au grand ennui de leurs parents et des domestiques, mais ce fut en vain.

Il était évident que son amour-propre avait été si profondément blessé, qu'il ne voulait plus se montrer.

En conséquence, M. Otis se remit à son grand ouvrage sur l'histoire du parti démocratique, qu'il avait commencé trois ans auparavant.

Mrs Otis organisa un extraordinaire *clam-bake*[1], qui mit tout le pays en rumeur.

Les enfants s'adonnèrent aux jeux de « la crosse, » de l'écarté, du poker, et autres amusements nationaux de l'Amérique.

Virginia fit des promenades à cheval par les sentiers, en compagnie du jeune duc de Cheshire, qui était venu passer à Canterville la dernière semaine de vacances.

---

1. Un *clam-bake* est un plat de cuisine improvisé sur des pierres dans un pique-nique. On mélange pour obtenir cette tourte toute espèce d'ingrédients. (*Note du Traducteur.*)

Tout le monde supposait que le fantôme avait disparu; de sorte que M. Otis écrivit à lord Canterville une lettre pour l'en informer, et reçut en réponse une autre lettre où celui-ci lui témoignait le plaisir que lui avait causé cette nouvelle, et envoyait ses plus sincères félicitations à la digne femme du ministre.

Mais les Otis se trompaient.

Le fantôme était toujours à la maison; et bien qu'il se portât très mal, il n'était nullement disposé à en rester là, surtout après avoir appris que du nombre des hôtes se trouvait le jeune duc de Cheshire, dont le grand oncle, lord Francis Stilton, avait une fois parié avec le colonel Carbury, qu'il jouerait aux dés avec le fantôme de Canterville.

Le lendemain, on l'avait trouvé gisant sur le carreau de la salle de jeu, dans un état de paralysie si complet, que malgré l'âge avancé qu'il atteignit, il ne put jamais prononcer d'autre mot que celui-ci:

— Double six !

Cette histoire était bien connue en son

temps, quoique, par égards pour les senti-
ments de deux familles nobles, on eût fait
tout le possible pour l'étouffer ; et un récit
détaillé de tout ce qui la concerne se trouve
dans le troisième volume des *Mémoires de
Lord Tattle sur le Prince Régent et ses amis.*

Dès lors, le fantôme désirait vraiment prouver qu'il n'avait pas perdu son influence sur
les Stilton, avec lesquels il était d'ailleurs parent par alliance, sa cousine germaine ayant
épousé en secondes noces le sieur de Bulke-
ley, duquel, ainsi que tout le monde le sait
les ducs de Cheshire descendent en droite
ligne.

En conséquence, il fit ses apprêts pour se
montrer au petit amoureux de Virginia dans
son fameux rôle du « Moine Vampire, ou le
Bénédictin saigné à blanc ».

C'était un spectacle si épouvantable, que
quand la vieille lady Startuy, l'avait vu jouer,
c'est-à-dire la veille du nouvel an 1764, elle
commença par pousser les cris les plus per-
çants, qui aboutirent à une violente attaque
d'apoplexie et à son décès, au bout de trois

jours, non sans qu'elle eût déshérité les Canterville et légué tout son argent à son phar-
macien de Londres.

Mais au dernier moment la terreur, que lui
inspiraient les jumeaux, l'empêcha de quitter
sa chambre, et le petit duc dormit en paix
dans le grand lit à baldaquin couronné de
plumes de la Chambre royale, et rêva à
Virginia.

V

Peu de jours après, Virginia et son amoureux aux cheveux frisés allèrent faire une
promenade à cheval dans les prairies de Brockley, où elle déchira son amazone d'une
manière si fâcheuse, en franchissant une haie
que quand elle revint à la maison, elle prit
le parti de passer par l'escalier de derrière,
afin de n'être point vue.

Comme elle passait en courant devant la
Chambre aux Tapisseries, dont la porte était
ouverte, elle crut voir quelqu'un à l'intérieur.

Elle pensa que c'était la femme de chambre

8.

de sa mère, car elle venait souvent travailler
dans cette chambre.

Elle y jeta un coup·d'œil pour prier la
femme de raccommoder son habit.

Mais à son immense surprise, c'était le
fantôme de Canterville en personne!

Il était assis devant la fenêtre, contemplant
l'or roussi des arbres jaunissants, qui volti-
geait en l'air, les feuilles rougies qui dansaient
follement tout le long de la grande avenue.

Il avait la tête appuyée sur sa main, et
toute son attitude révélait le découragement
le plus profond.

Il avait vraiment l'air si abattu, si démoli,
que la petite Virginia, au lieu de céder à son
premier mouvement, qui avait été de courir
s'enfermer dans sa chambre, fut remplie de
compassion, et prit le parti d'aller le consoler.

Elle avait le pas si léger, et lui il avait la
mélancolie si profonde, qu'il ne s'aperçut
de sa présence que quand elle lui parla.

— Je suis bien fâchée pour vous, dit-elle,
mais mes frères retournent à Eton demain.

Alors si vous vous conduisez bien, personne ne vous tourmentera.

— C'est absurde de me demander que je me conduise bien, répondit-il en regardant d'un air stupéfait la petite fillette qui s'était enhardie à lui adresser la parole. C'est tout à fait absurde. Il faut que je secoue mes chaînes, que je grogne par les trous de serrures, que je déambule la nuit, si c'est là ce que vous entendez par se mal conduire. C'est ma seule raison d'être.

— Ce n'est pas du tout une raison d'être, et vous avez été bien méchant, savez-vous? Mrs Umney nous a dit, le jour même de notre arrivée, que vous avez tué votre femme.

— Oui, j'en conviens, répondit étourdiment le fantôme. Mais c'était une affaire de famille, et cela ne regardait personne.

— C'est bien mal de tuer n'importe qui, dit Virginia, qui avait parfois un joli petit air de gravité puritaine, légué par quelque ancêtre venu de la Nouvelle-Angleterre.

— Oh! je ne puis souffrir la sévérité à bon compte de la morale abstraite. Ma femme était ford laide. Jamais elle n'empesait convenablement mes manchettes et elle n'entendait rien à la cuisine. Tenez, un jour j'avais tué un superbe mâle dans les bois de Hogley, un beau cerf de deux ans. Vous ne devineriez jamais comment elle me le servit. Mais n'en parlons plus. C'est une affaire finie maintenant, et je trouve que ce n'était pas très bien de la part de ses frères, de me faire mourir de faim bien que je l'aie tuée.

— Vous faire mourir de faim! Oh! Monsieur le Fantôme... Monsieur Simon, veux-je dire, est-ce que vous avez faim? j'ai un sandwich dans ma cassette. Cela vous plairait-il?

— Non, merci, je ne mange plus maintenant; mais c'est tout de même très bon de votre part, et vous êtes bien plus gentille que le reste de votre horrible, rude, vulgaire, malhonnête famille?

— Assez! s'écria Virginia en frappant du pied. C'est vous qui êtes rude, et horrible, et vulgaire. Quant à la malhonnèteté, vous savez bien que vous m'avez volé mes couleurs dans ma boîte pour renouveler cette

ridicule tache de sang dans la bibliothèque.
Vous avez commencé par me prendre tous
mes rouges, y compris le vermillon, de sorte
qu'il m'est impossible de faire des couchers
de soleil. Puis, vous avez pris le vert émeraude, et le jaune de chrome. Finalement il
ne me reste plus que de l'indigo et du blanc
de Chine. Je n'ai pu faire depuis que des clairs
de lune, qui font toujours de la peine à regarder, et qui ne sont pas du tout commodes
à colorier. Je n'ai jamais rien dit de vous,
quoique j'aie été bien ennuyée, et tout cela,
c'était parfaitement ridicule. Est-ce qu'on a
jamais vu du sang vert émeraude ?

— Voyons, dit le fantôme, non sans douceur, qu'est-ce que je pouvais faire? C'est
chose très difficile par le temps qui court de
se procurer du vrai sang, et puisque votre
frère a commencé avec son *Détacheur incomparable*, je ne vois pas pourquoi je n'aurais
pas employé vos couleurs à résister, Quant à
la nuance, c'est une affaire de goût: ainsi par
exemple, les Canterville ont le sang bleu, le
sang le plus bleu qu'il y ait en Angleterre...

Mais je sais que, vous autres Américains, vous ne faites aucun cas de ces choses-là.

— Vous n'en savez rien, et ce que vous pouvez faire de mieux, c'est d'émigrer, cela vous formera l'esprit. Mon père se fera un plaisir de vous donner un passage gratuit, et bien qu'il y ait des droits d'entrée fort élevés sur les esprits de toute sorte, on ne fera pas de difficultés à la douane. Tous les employés sont des démocrates. Une fois à New-York, vous pouvez compter sur un grand succès. Je connais des quantités de gens qui donneraient cent mille dollars pour avoir un grand-père, et qui donneraient beaucoup plus pour avoir un fantôme de famille.

— Je crois que je ne me plairais pas beaucoup en Amérique.

— C'est sans doute parce que nous n'avons pas de ruines, ni de curiosités, dit narquoisement Virginia.

— Pas de ruines ! pas de curiosités? répondit le fantôme. Vous avez votre marine et vos manières.

— Bonsoir, je vais demander à papa de

faire accorder aux jumeaux une semaine
supplémentaire de vacances.

— Je vous en prie, Mrss Virginia, ne vous
en allez pas, s'écria-t-il. Je suis si seul, si
malheureux, et je ne sais vraiment plus que
faire. Je voudrais aller me coucher, et je ne
le puis pas.

— Mais c'est absurde ; vous n'avez qu'à
vous mettre au lit et à éteindre la bougie.
C'est parfois très difficile de rester éveillé,
surtout à l'église, mais ça n'est pas difficile
du tout de dormir. Tenez, les bébés savent
très bien dormir; cependant, ils ne sont pas
des plus malins.

— Voilà trois cents ans que je n'ai pas
dormi, dit-il tristement, ce qui fit que Virginia
ouvrit tout grands ses beaux yeux bleus, tout
étonnés. Voilà trois cents ans que je n'ai pas
dormi, aussi suis-je bien fatigué.

Virginia prit un air tout à fait grave, et
ses fines lèvres s'agitèrent comme des péta-
les de rose.

Elle s'approcha, s'agenouilla à côté de lui,

et considéra la figure vieillie et ridée du fantôme.

— Pauvre, pauvre Fantôme, dit-elle à demi-voix, n'y a-t-il pas un endroit où vous pourriez dormir ?

— Bien loin au delà des bois de pins, répondit-il d'une voix basse et rêveuse, il y a un petit jardin. Là l'herbe pousse haute et drue ; là se voient les grandes étoiles blanches de la ciguë ; là le rossignol chante toute la nuit. Toute la nuit il chante, et la lune de cristal glacé regarde par là, et l'yeuse étend ses bras de géant au-dessus des dormeurs.

Les yeux de Virginia furent troublés par les larmes, et elle se cacha la figure dans les mains.

— Vous voulez parler du Jardin de la Mort, murmura-t-elle.

— Oui, de la Mort, cela doit être si beau ! Se reposer dans la molle terre brune, pendant que les herbes se balancent au-dessus de votre tête, et écouter le silence ! N'avoir pas d'hier, pas de lendemain. Oublier le temps, oublier la vie, être dans la paix. Vous pouvez m'y

aider, vous pouvez m'ouvrir toutes grandes
les portes, de la Mort, car l'Amour vous ac-
compagne toujours et l'Amour est plus fort
que la Mort.

Virginia trembla. Un frisson glacé la parcourut et pendant quelques instants régna
le silence.

Il lui semblait qu'elle était dans un rêve
terrible.

Alors le Fantôme reprit la parole, d'une voix
qui résonnait comme les soupirs du vent :

— Avez-vous jamais lu la vieille prophétie
sur les vitraux de la bibliothèque ?

— Oh ! souvent, s'écria la fillette, en levant
les yeux, je la connais très bien. Elle est peinte
en curieuses lettres dorées, et elle est difficile
à lire. Il n'y a que six vers :

> Lorsqu'une jeune fille blonde saura amener
> Sur les lèvres du pécheur une prière,
> Quand l'amandier stérile portera des fruits
> Et qu'une enfant laissera couler ses pleurs,
> Alors toute la maison retrouvera le calme,
> Et la paix rentrera dans Canterville.

Mais je ne sais pas ce que cela signifie.

— Cela signifie que vous devez pleurer avec
moi sur mes péchés, parce que moi je n'ai
pas de larmes, que vous devez prier avec moi
pour mon âme, parce que je n'ai point de foi
et alors si vous avez toujours été douce, bonne
et tendre, l'Ange de la Mort prendra pitié de
moi. Vous verrez des êtres terribles dans les
ténèbres, et des voix funestes murmureront à
vos oreilles, mais ils ne pourront vous faire
aucun mal, car contre la pureté d'une jeune
enfant les puissances de l'Enfer ne sauraient
prévaloir.

Virginia ne répondit pas, et le Fantôme se
tordit les mains dans la violence de son désespoir, tout en regardant la tête blonde qui
se penchait.

Soudain elle se redressa, très pâle, une lueur
étrange dans les yeux.

— Je n'ai pas peur, dit-elle d'une voix ferme,
et je demanderai à l'Ange d'avoir pitié de vous.

Il se leva de son siège, en poussant un faible cri de joie, prit la tête blonde entre ses
mains avec une grâce qui rappelait le temps
jadis, et la baisa.

Ses doigts étaient froids comme de la glace, et ses lèvres brûlantes comme du feu, mais Virginia ne faiblit pas, et il lui fit traverser la chambre sombre.

Sur la tapisserie d'un vert fané étaient brodés de petits chasseurs. Ils soufflaient dans leurs cors ornés de franges, et de leurs mains mignonnes, ils lui faisaient signe de reculer.

— Reviens sur tes pas, petite Virginia. Va-t'en, va-t'en! criaient-ils.

Mais le fantôme ne lui serrait que plus fort la main, et elle ferma les yeux pour ne pas les voir.

D'horribles animaux à queue de lézards, aux gros yeux saillants, clignotèrent aux angles de la cheminée sculptée et lui dirent à voix basse :

— Prends garde, petite Virginia, prends garde. Nous pourrons bien ne plus te revoir.

Mais le Fantôme ne fit que hâter le pas, et Virginia n'écouta rien.

Quand ils furent au bout de la pièce, il s'arrêta et murmura quelques mots qu'elle ne comprit pas.

Elle rouvrit les yeux et vit le mur se dissiper lentement comme un brouillard, et devant elle s'ouvrit une noire caverne.

Un âpre vent glacé les enveloppa, et elle sentit qu'on tirait sur ses vêtements.

— Vite, vite, cria le Fantôme, ou il sera trop tard.

Et au même instant, la muraille se referma derrière eux, et la chambre aux tapisseries resta vide.

VI

Environ dix minutes après, la cloche sonna pour le thé, et Virginia ne descendit pas.

Mrs Otis envoya un des laquais pour la chercher.

Il ne tarda pas à revenir, en disant qu'il n'avait pu découvrir miss Virginia nulle part.

Comme elle avait l'habitude d'aller tous les soirs dans le jardin cueillir des fleurs pour le dîner, Mrs Otis ne fut pas du tout inquiète. Mais six heures sonnèrent, Virginia ne reparaissait pas.

Alors sa mère se sentit sérieusement agitée, et envoya les garçons à sa recherche, pendant

qu'elle et M. Otis visitaient toutes les chambres de la maison.

A six heures et demie, les jumeaux revin-
rent et dirent qu'ils n'avaient trouvé nulle
part trace de leur sœur.

Alors tous furent extrêmement émus, et
personne ne savait que faire, quand M. Otis
se rappela soudain que peu de jours auparavant, il avait permis à une bande de bohémiens de camper dans le parc.

En conséquence, il partit sur-le-champ pour
le Blackfell-Hollow, accompagné de son fils
aîné et de deux domestiques de ferme.

Le petit duc de Cheshire, qui était absolument fou d'inquiétude, demanda instamment
à M. Otis de se joindre à lui, mais M. Otis s'y
refusa, dans la crainte d'une bagarre. Mais
quand il arriva à l'endroit en question, il vit
que les bohémiens étaient partis.

Il était évident qu'ils s'étaient hâtés de dé-
camper, car leur feu brûlait encore, et il était
resté des assiettes sur l'herbe.

Après avoir envoyé Washington et les deux
hommes battre les environs, il se dépêcha de

rentrer, et expédia des télégrammes à tous les inspecteurs de police du comté en les priant de rechercher une jeune fille qui avait été enlevée par des chemineaux ou des bohémiens.

Puis il se fit amener son cheval, et après avoir insisté pour que sa femme et ses trois fils se missent à table, il partit avec un groom sur la route d'Ascot.

Il avait fait à peine deux milles, qu'il entendit galoper derrière lui.

Il se retourna, et vit le petit duc qui arrivait sur son poney, la figure toute rouge, la tête nue.

— J'en suis terriblement fâché, lui dit le jeune homme d'une voix entrecoupée, mais il m'est impossible de manger. tant que Virginia est perdue. Je vous en prie, ne vous fâchez pas contre moi. Si vous nous aviez permis de nous fiancer l'année dernière, ces ennuis ne seraient jamais arrivés. Vous ne me renverrez pas, n'est-ce pas? Je ne peux pas; je ne veux pas!

Le ministre ne put s'empêcher d'adresser

un sourire à ce jeune et bel étourdi, et fut très touché du dévouement qu'il montrait à Virginia.

Aussi se penchant sur son cheval, il lui caressa les épaules avec bonté, et lui dit :

— Eh bien, Cecil, puisque vous tenez à rester, il faudra bien que vous veniez avec moi, mais il faudra aussi que je vous trouve un chapeau à Ascot.

— Au diable le chapeau ! C'est Virginia que je veux ! s'écria le petit duc en riant.

Puis ils galopèrent jusqu'à la gare.

Là, M. Otis s'informa auprès du chef de gare, si on n'avait pas vu sur le quai de départ une personne répondant au signalement de Virginia, mais il ne put rien apprendre sur elle.

Néanmoins le chef de gare lança des dépêches le long de la ligne, en amont et en aval, et lui promit qu'une surveillance minutieuse serait exercée.

Ensuite, après avoir acheté un chapeau pour le petit duc chez un marchand de nouveautés qui se disposait à fermer boutique,

M. Otis chevaucha jusqu'à Bexley, village situé à quatre milles plus loin, et qui, lui avait-on dit, était très fréquenté des bohémiens.

Quand on eut fait lever le garde champêtre, on ne put tirer de lui aucun renseignement.

Aussi, après avoir traversé la place, les deux cavaliers reprirent le chemin de la maison, et rentrèrent à Canterville vers onze heures, le corps brisé de fatigue, et le cœur brisé d'inquiétude.

Ils trouvèrent Washington et les jumeaux qui les attendaient au portail, avec des lanternes, car l'avenue était très sombre.

On n'avait pas découvert la moindre trace de Virginia.

Les bohémiens avaient été rattrapés sur la prairie de Brockley, mais elle ne se trouvait point avec eux.

Ils avaient expliqué la hâte de leur départ en disant qu'ils s'étaient trompés sur le jour où devait se tenir la foire de Chorton, et que la crainte d'arriver trop tard les avait obligés à se dépêcher.

9.

En outre, ils avaient paru très désolés de la disparition de Virginia, car ils étaient très reconnaissants à M. Otis de leur avoir permis de camper dans son parc. Quatre d'entre eux étaient restés en arrière pour prendre part aux recherches.

On avait vidé l'étang aux carpes. On avait fouillé le domaine dans tous les sens, mais on n'était arrivé à aucun résultat.

Il était évident que Virginia était perdue, au moins pour cette nuit, et ce fut avec un air de profond accablement que M. Otis, et les jeunes gens rentrèrent à la maison, suivis du groom qui conduisait en main le cheval et le poney.

Dans le hall, ils trouvèrent le groupe des domestiques épouvantés.

La pauvre Mrs Otis était étendue sur un sofa dans la bibliothèque, presque folle d'effroi et d'anxiété, et la vieille gouvernante lui baignait le front avec de l'eau de Cologne.

M. Otis insista aussitôt pour qu'elle mangeât un peu, et fit servir le souper pour tout le monde.

Ce fut un bien triste repas.

On y parlait à peine, et les jumeaux eux-mêmes avaient l'air effarés, abasourdis, car ils aimaient beaucoup leur sœur.

Lorsqu'on eut fini, M. Otis, malgré les supplications du petit duc, ordonna que tout le monde se couchât, en disant qu'on ne pourrait rien faire de plus cette nuit, que le lendemain matin il télégraphierait à Scotland-Yard, pour qu'on mît immédiatement à sa disposition quelques détectives.

Mais voici qu'au moment même où l'on sortait de la salle à manger, minuit sonna à l'horloge de la tour.

A peine les vibrations du dernier coup étaient-elles éteintes qu'on entendit un craquement suivi d'un cri perçant.

Un formidable roulement de tonnerre ébranla la maison. Une mélodie qui n'avait rien de terrestre flotta dans l'air. Un panneau se détacha bruyamment du haut de l'escalier, et sur le palier, bien pâle, presque blanche, apparut Virginia, tenant à la main une petite boîte.

Aussitôt tous de se précipiter vers elle.

Mrs Otis la serra passionnément sur son cœur.

Ce petit duc l'étouffa sous la violence de ses baisers, et les jumeaux exécutèrent une sauvage danse de guerre autour du groupe.

— Grands dieux ! Ma fille, où êtes-vous allée ? dit M. Otis, assez en colère, parce qu'il se figurait qu'elle avait fait à tous une mauvaise farce. Cecil et moi, nous avons battu à cheval tout le pays, à votre recherche, et votre mère a failli mourir de frayeur. Il ne faudrait pas recommencer de ces mystifications-là.

— Excepté pour le fantôme ! excepté pour le fantôme ! crièrent les jumeaux en continuant leurs cabrioles.

— Ma chérie, grâce à Dieu, vous voilà retrouvée, il ne faudra plus me quitter, murmurait Mrs Otis, en embrassant l'enfant qui tremblait, et en lissant ses cheveux d'or épars sur ses épaules.

— Papa, dit doucement Virginia, j'étais avec le fantôme. Il est mort. Il faudra que

vous alliez le voir. Il a été très méchant,
mais il s'est repenti sincèrement de tout ce
qu'il avait fait, et avant de mourir il m'a
donné cette boîte de beaux bijoux.

Toute la famille jeta sur elle un regard
muet, effaré, mais elle avait l'air très grave,
très sérieuse.

Puis, se tournant, elle les précéda à travers
l'ouverture de la muraille, et l'on descendit
par un corridor secret.

Washington suivait tenant une bougie al-
lumée qu'il avait prise sur la table. Enfin,
l'on parvint à une grande porte de chêne hé-
rissée de gros clous.

Virginia la toucha. Elle tourna sur ses
gonds énormes, et l'on se trouva dans une
chambre étroite, basse, dont le plafond était
en forme de voûte, et avec une toute petite
fenêtre.

Un grand anneau de fer était scellé dans
le mur, et à cet anneau était enchaîné un
grand squelette étendu de tout son long sur
le sol dallé. Il avait l'air d'allonger ses doigts
décharnés pour atteindre un plat et une cru-

che de forme antique, qui étaient placés de telle sorte qu'il ne pût y toucher.

Evidemment la cruche avait été remplie d'eau, car l'intérieur était tapissé de moisissure verte.

Il ne restait plus sur le plat qu'un tas de poussière.

Virginia s'agenouilla auprès du squelette, et joignant ses petites mains, se mit à prier en silence, pendant que la famille contemplait avec étonnement la tragédie terrible dont le secret venait de lui être révélé.

— Hallo ! s'écria soudain l'un des jumeaux, qui était allé regarder par la fenêtre, pour tâcher de deviner dans quelle aile de la maison la chambre était située. Hallo ! le vieux amandier qui était desséché a fleuri. Je vois très bien les fleurs au clair de lune.

— Dieu lui a pardonné ! dit gravement Virginia en se levant, et une magnifique lumière sembla éclairer sa figure.

— Quel ange vous êtes ! s'écria le petit duc, en lui passant les bras autour du cou, et en l'embrassant.

VII

Quatre jours après ces curieux événements, vers onze heures du soir, un cortège funéraire sortit de Canterville-Chase.

Le char était traîné par huit chevaux noirs, dont chacun avait la tête ornée d'un gros panache de plumes d'autruche qui se balançait.

Le cercueil de plomb était recouvert d'un riche linceul de pourpre, sur lequel étaient brodées en or les armoiries des Canterville.

De chaque côté du char et des voitures marchaient les domestiques, portant des torches allumées.

Tout ce défilé avait un air grandiose et impressionnant.

Lord Canterville menait le deuil; il était venu du pays de Galles tout exprès pour assister à l'enterrement et il occupait la première voiture avec la petite Virginia.

Puis, venaient le ministre des Etats-Unis et sa femme, puis Washington et les trois jeunes garçons.

Dans la dernière voiture était Mrs Umney.

Il avait paru évident à tout le monde, qu'après avoir été apeurée par le fantôme pendant plus de cinquante ans de vie, elle avait bien le droit de le voir disparaître pour tout de bon.

Une fosse profonde avait été creusée dans un angle du cimetière, juste sous le vieux if; et les dernières prières furent dites de la façon la plus pathétique par le Rév. Augustus Dampier.

La cérémonie terminée, les domestiques se conformant à une vieille coutume établie dans la famille Canterville, éteignirent leurs torches.

Puis, quand le cercueil eut été descendu dans la fosse, Virginia s'avança et posa dessus une grande croix faite de fleurs d'amandier blanches et rouges.

Au même instant, la lune sortit de derrière un nuage et inonda de ses silencieux flots d'argent le cimetière, et d'un bosquet voisin partit le chant d'un rossignol.

Elle se rappela la description que qu'avait faite le Fantôme du jardin de la Mort. Ses yeux s'emplirent de larmes, et elle prononça à peine un mot pendant le retour des voitures à la maison.

Le lendemain matin, avant que lord Canterville partît pour la ville, M. Otis s'entretint avec lui au sujet des bijoux donnés par le Fantôme à Virginia.

Ils étaient superbes, magnifiques.

Surtout certain collier de rubis, avec une ancienne monture vénitienne, était réellement un splendide spécimen du travail du seizième siècle, et le tout avait une telle valeur que M. Otis éprouvait de grands scrupules à permettre à sa fille de les garder.

— Mylord, dit-il, je sais qu'en ce pays, la
mainmorte s'applique aux menus objets
aussi bien qu'aux terres, et il est clair, très
clair pour moi que ces bijoux devraient rester entre vos mains comme propriété familiale.
Je vous prie, en conséquence, de vouloir bien
les emporter avec vous à Londres, et de les
considérer simplement comme une partie de
votre héritage qui vous aurait été restituée
dans des conditions peu ordinaires. Quant
à ma fille, ce n'est qu'une enfant, et jusqu'à
présent, je suis heureux de le dire, elle ne
prend que peu d'intérêt à ces hochets de
vain luxe. J'ai également appris de Mrs Otis,
qui n'est point une autorité à dédaigner dans
les choses d'art, soit dit en passant, car elle a
eu le bonheur de passer plusieurs hivers à
Boston étant jeune fille, que ces pierres précieuses ont une grande valeur monétaire,
et que si on les mettait en vente on en tirerait
une belle somme. Dans ces circonstances,
lord Canterville, vous reconnaîtrez, j'en suis
sûr, qu'il m'est impossible de permettre qu'ils
restent entre les mains d'aucun membre de

ma famille; et d'ailleurs toutes ces sortes de
vains bibelots, de joujoux, si appropriés, si
nécessaires qu'ils soient à la dignité de l'a-
ristocratie britannique, seraient absolument
déplacés parmi les gens qui ont été élevés
dans les principes sévères, et je puis dire les
principes immortels de la simplicité républicaine. Je me hasarderais peut-être à dire que
Virginia tient beaucoup à ce que vous lui
laissiez la boîte elle-même, comme un souvenir des égarements et des infortunes de
votre ancêtre. Cette boîte étant très ancienne
et par conséquent très délabrée vous jugerez
peut-être convenable d'agréer sa requête.
Quant à moi, je m'avoue fort surpris de
voir un de mes propres enfants témoigner si
peu d'intérêt que ce soit aux choses du
moyen-âge, et je ne saurais trouver qu'une
explication à ce fait, c'est que Virginia naquit
dans un de vos faubourgs de Londres, peu de
temps après que Mrs Otis fut revenue d'une
excursion à Athènes.

Lord Canterville écouta sans broncher le
discours du digne ministre en tirant de

temps à autre sa moustache grise pour cacher un sourire involontaire.

Quand M. Otis eut terminé, il lui serra cordialement la main, et lui répondit :

— Mon cher monsieur, votre charmante fillette a rendu à mon malheureux ancêtre un service très important. Ma famille et moi nous sommes très reconnaissants du merveilleux courage, du sang-froid dont elle a fait preuve. Les joyaux lui appartiennent, c'est clair, et par ma foi je crois bien que si j'avais assez peu de cœur pour les lui prendre, le vieux gredin sortirait de sa tombe au bout de quinze jours, et me ferait une vie d'enfer. Quant à être des bijoux de famille, ils ne le seraient qu'à la condition d'être spécifiés comme tels dans un testament, dans un acte légal, et l'existence de ces joyaux est restée ignorée. Je vous certifie qu'ils ne sont pas plus à moi qu'à votre maître d'hôtel. Quand miss Virginia sera grande, elle sera enchantée, j'oserai l'affirmer, d'avoir de jolies choses à porter. En outre, M. Otis, vous oubliez que vous avez pris l'ameublement et le fantôme sur inventaire. Donc, tout ce qui appartient au fantôme vous appartient. Malgré toutes les preuves d'activité qu'a données sir Simon, la nuit, dans le corridor, il n'en est pas moins mort, au point de vue légal, et votre achat vous a rendu propriétaire de ce qui lui appartient.

M. Otis ne fut pas peu tourmenté du refus de lord Canterville, et le pria de réfléchir à nouveau sur sa décision, mais l'excellent pair tint bon et finit par décider le ministre à accepter le présent que le fantôme lui avait fait.

Lorsque, au printemps de 1890, la jeune duchesse de Cheshire fut présentée pour la première fois à la réception de la Reine, à l'occasion de son mariage, ses joyaux furent l'objet de l'admiration générale. Car Virginia reçut le tortil baronnal qui se donne comme récompense à toutes les petites Américaines qui sont bien sages, et elle épousa son petit amoureux, dès qu'il eut l'âge.

Tous deux étaient si gentils, et ils s'aimaient tant l'un l'autre, que tout le monde

fut enchanté de ce mariage, excepté la vieille
marquise de Dumbleton, qui avait fait tout
son possible pour attraper le duc et lui faire
épouser une de ses sept filles.

Dans ce but, elle n'avait pas donné moins
de trois grands dîners fort coûteux.

Chose étrange, M. Otis éprouvait à l'égard
du petit duc une vive sympathie personnelle,
mais en théorie, il était l'adversaire de la par-
ticule, et, pour employer ses propres expres-
sions, il avait quelque sujet d'appréhender,
que, parmi les influences énervantes d'une
aristocratie éprise de plaisir, les vrais principes de la simplicité républicaine ne fussent
oubliés.

Mais on ne tint aucun compte de ses obser-
vations, et quand il s'avança dans l'aile de
l'église de Saint-Georges, Hanover-Square, sa
fille à son bras, il n'y avait pas un homme
plus fier dans la longueur et dans la largeur
de l'Angleterre.

Après la lune de miel, le duc et la duchesse retournèrent à Canterville-Chase, et le
lendemain de leur arrivée, dans l'après-midi,

ils allèrent faire un tour dans le cimetière solitaire près du bois de pins.

Ils furent d'abord très embarrassés au sujet de l'inscription qu'on graverait sur la pierre tombale de sir Simon, mais ils finirent par décider qu'on se bornerait à y graver simplement les initiales du vieux gentleman, et les vers écrits sur la fenêtre de la bibliothèque.

La duchesse avait apporté des roses magnifiques qu'elle éparpilla sur la tombe ; puis, après s'y être arrêté quelques instants, on se promena dans les ruines du chœur de l'antique abbaye.

La duchesse s'y assit sur une colonne tombée, pendant que son mari, couché à ses pieds, et fumant sa cigarette, la regardait dans ses beaux yeux.

Soudain, jetant sa cigarette, il lui prit la main et lui dit :

— Virginia, une femme ne doit pas avoir de secrets pour son mari.

— Cher Cecil, je n'en ai pas.

— Si, vous en avez, répondit-il en souriant, vous ne m'avez jamais dit ce qui s'était passé pendant que vous étiez enfermée avec le fantôme.

— Je ne l'ai jamais dit à personne, répliqua gravement Virginia.

— Je le sais, mais vous pourriez me le dire.

— Je vous en prie, Cecil, ne me le demandez pas. Je ne puis réellement vous le dire, Pauvre sir Simon ! je lui dois beaucoup. Oui, Cecil, ne riez pas, je lui dois réellement beaucoup. Il m'a fait voir ce qu'est la vie, ce que signifie la Mort et pourquoi l'Amour est plus fort que la Mort.

Le duc se leva et embrassa amoureusement sa femme.

— Vous pourrez garder votre secret, tant que je posséderai votre cœur, dit-il, à demi-voix.

— Vous l'avez toujours eu, Cecil.

— Et vous le direz un jour à nos enfants, n'est-ce pas ?

Virginia rougit.

LE SPHINX

QUI N'A PAS DE SECRET

GRAVURE AU TRAIT

Cette nouvelle, publiée en 1891 à la suite du *Crime de lord Arthur Savile*, a été réimprimée pour une circulation privée depuis la mort d'Oscar Wilde.

LE SPHINX

QUI N'A PAS DE SECRET

GRAVURE AU TRAIT

Un après-midi, j'étais assis à la terrasse du café de la Paix, contemplant la splendeur et les dessous de la vie parisienne.

Tout en prenant mon vermouth, j'étudiais avec curiosité l'étrange panorama où l'orgueil et la pauvreté défilaient devant moi, quand je m'entendis appeler par mon nom.

Je fis demi-tour et je me vis en face de lord Murchison.

Nous ne nous étions pas revus depuis que nous avions été au collège ensemble, il y avait dix ans de cela.

Aussi fus-je charmé de cette rencontre.

Nous échangeâmes une chaude poignée de main.

10.

A Oxford, nous avions été grands amis. Je l'aimais énormément.

Il était si bon, si plein d'entrain, si plein d'honneur. Nous disions souvent de lui qu'il serait le meilleur garçon du monde sans son penchant à dire toujours la vérité, mais je crois que réellement nous ne l'en admirions que davantage pour sa franchise.

Je le trouvai bien un peu changé.

Il avait l'air anxieux, embarrassé. On eût dit qu'il avait des doutes au sujet de quelque chose. Je devinais que ce n'était point là un effet du moderne scepticisme, car Murchison était le plus immuable des torgs et il croyait au *Pentateuque* avec autant de fermeté qu'il croyait en la Chambre des Pairs.

Je conclus qu'il y avait une femme sous roche et je lui demandai s'il était déjà marié.

— Je ne comprends pas encore assez les femmes, répondit-il.

— Mon cher Gérald, dis-je, les femmes sont faites pour qu'on les aime et non pour qu'on les comprenne.

— Je ne saurais aimer quand je ne peux avoir confiance, répliqua-t-il.

— Je crois que vous avez un mystère dans votre vie, Gérald, dis-je, contez-moi cela.

— Allons faire une promenade en voiture, répondit-il. Il y a trop de foule ici... Non, non, pas cette voiture jaune, n'importe quelle autre couleur. Tenez ! celle-ci, qui est vert foncé, fera l'affaire.

Et, quelques minutes après, nous descendions le boulevard au trot dans la direction de la Madeleine.

— Où irons nous ? demandai-je.

— Oh ! où vous voudrez, répondit-il, au restaurant du bois. Nous y dînerons, et vous me raconterez tout ce qui vous concerne.

— Je veux vous écouter d'abord vous-même, dis-je. Contez-moi votre mystère.

Il tira de sa poche un petit porte-cartes, de maroquin à fermoir d'argent et me le tendit.

Je l'ouvris.

A l'intérieur il y avait une photographie de femme.

Elle était grande et élancée, étrangement

pittoresque avec ses grands yeux vagues et sa chevelure flottante. Elle avait une physionomie de clairvoyante et était enveloppée de riches fourrures.

— Que dites-vous de cette figure ? dit-il. Est-ce qu'elle inspire la confiance ?

Je l'examinai attentivement.

Elle me donna l'impression d'une femme qui a eu un secret, mais ce secret était-il honnête ou non, je ne saurais le dire.

Cette beauté semblait faite de bien des mystères réunis, en fait une beauté psychologique plutôt que plastique, et puis, ce léger sourire, qui se jouait sur les lèvres, était bien trop subtil pour avoir un véritable charme.

— Eh bien ? s'écria-t-il avec impatience, qu'en dites-vous ?

— C'est la Joconde en noir, répondis-je. Dites-moi tout ce qui la concerne.

— Pas maintenant, après dîner.

Et nous nous mîmes à parler d'autre chose.

Quand le garçon nous eut apporté le café et des cigarettes, je rappelai à Gérald sa promesse.

Il se leva de sa chaise, alla et revint deux ou trois fois dans la pièce.

Puis, se laissant choir dans un fauteuil, il me conta l'histoire suivante.

— Un soir, vers cinq heures, je descendais Bond-Street.

Il y avait un grand encombrement de voitures et la circulation était tout à fait arrêtée.

Tout près du trottoir était rangé un petit brougham jaune, qui pour une raison ou une autre attira mon attention.

Comme je passais tout près, je vis s'avancer, pour regarder dehors, la figure que je vous ai montrée cet après-midi.

Elle me fascina immédiatement.

Pendant toute la nuit, je ne pensai pas à autre chose, et il en fut de même le lendemain.

Je montai, je redescendis à plusieurs reprises cette maudite rangée, jetant un regard furtif dans toutes les voitures, attendant le brougham jaune, mais je n'arrivai point à découvrir *ma belle inconnue*, si bien que je finis par me persuader que je ne l'avais vue qu'en songe.

Environ huit jours après, je dinai avec madame de Rastail.

Le dîner était pour huit heures, mais à huit heures et demie, nous attendions encore au salon.

A la fin, le domestique ouvrit la porte et annonça lady Alroy.

C'était la femme que j'avais cherchée.

Elle entra avec grande lenteur. Elle avait l'air d'un rayon de lune dans sa dentelle grise, et je fus, à mon immense joie, prié de la conduire à table.

Quand nous fûmes assis, je dis, de la façon la plus innocente du monde :

— Il me semble que je vous ai vue en passant dans Road-Street, il y a quelque temps, lady Alroy.

Elle devint très pâle, et elle dit à voix basse :

— Je vous en prie, ne parlez pas si haut, on pourrait nous entendre.

Je me sentis bien malheureux d'avoir aussi mal débuté, et je me lançai à corps perdu dans une tirade sur le théâtre français.

Elle parlait fort peu, toujours de la même voix basse et musicale. On eût dit qu'elle avait peur d'être écoutée par quelqu'un.

Je me sentais passionnément, stupidement épris et l'indéfinissable atmosphère de mystère, qui l'entourait, excitait au plus haut point ma curiosité.

Quand elle fut sur le point de partir, ce qu'elle fit fort peu de temps après le dîner, je lui demandai si je pourrais lui rendre visite.

Elle hésita un instant, regarda autour d'elle pour voir si quelqu'un se trouvait près de nous, et me dit alors :

— Oui, demain à cinq heures et quart.

Je priai madame de Rastail de me parler d'elle, mais tout ce qu'elle put me dire se réduisit à ceci.

Cette dame était veuve. Elle possédait une belle maison dans Park-Lane.

Comme à ce moment, un raseur du genre scientifique entreprenait une dissertation sur les veuves, pour étayer la thèse de la survivance des plus aptes, je pris congé et rentrai chez moi.

Le lendemain, juste à l'heure dite, je me rendis à Park-Lane, mais le domestique me dit que lady Alroy venait de sortir à l'instant.

Très dépité, très intrigué, j'allai au club et, après bien des réflexions, je lui écrivis une lettre où je la priai de me permettre de voir si je serais plus heureux une autre fois.

La réponse se fit attendre plusieurs jours; mais à la fin je reçus un petit billet où elle m'informait qn'elle serait chez elle le dimanche à quatre heures et où se trouvait cet extraordinaire post-scriptum.

« Je vous en prie, ne m'écrivez plus ici; je vous expliquerai cela quand je vous verrai. »

Le dimanche, elle fut tout à fait charmante, mais au moment où j'allais me retirer, elle me demanda si j'avais jamais une nouvelle occasion de lui écrire de libeller ainsi l'adresse : à Mistress Knox, aux bons soins de M. Wittaker, libraire, Green-Street.

— Certaines raisons, ajouta-t-elle, m'empêchent de recevoir aucune lettre dans ma propre maison.

Pendant toute la saison, je la vis fort souvent et cette atmosphère de mystère ne la quittait pas.

Parfois je pensai qu'elle était au pouvoir de quelque homme, mais elle semblait si malaisément accessible que je ne pus m'en tenir à cette idée-là.

Il m'était réellement bien difficile d'arriver à une conclusion quelconque, car elle était pareille à ces singuliers cristaux qu'on voit dans les muséums et qui sont transparents à certains moments et troubles à certains autres.

A la fin, je me déterminai à lui demander de devenir ma femme ; j'étais énervé et fatigué des incessantes précautions qu'elle m'imposait pour faire un mystère de mes visites, des quelques lettres que je lui envoyais.

Je lui écrivis à la librairie pour lui demander si elle pourrait me recevoir le lundi suivant à six heures.

Elle me répondit oui, et je fus transporté de plaisir jusqu'au septième ciel.

J'étais follement épris d'elle, en dépit du mystère à ce que je croyais alors, mais en fait à cause même du mystère, je le vois à présent.

Non, ce n'était pas la femme que j'aimais en elle.

Ce mystère me troublait, me faisait perdre la tête.

Pourquoi le hasard me fit-il découvrir la piste?

— Alors vous l'avez trouvé, m'écriai-je?

— Je le crains, répondit-il. Vous en jugerez par vous-même.

Le lundi venu, je déjeunai avec mon oncle, et vers quatre heures je me trouvai dans Marylebone-Road.

Comme vous le savez, mon oncle demeure à Régent's-Park.

Je voulais aller à Piccadilly et je pris le plus court chemin en passant par un tas de petites rues d'aspect misérable.

Soudain je vis devant moi lady Alroy, cachée sous un voile épais et marchant très vite.

Quand elle fut arrivée à la dernière maison de la rue, elle monta les marches, tira de sa poche un passe-partout et entra.

— Le voilà le mystère, me dis-je en avançant rapidement pour inspecter la maison.

Sur le seuil était son mouchoir qu'elle avait laissé tomber, je le ramassai et le mis dans ma poche.

Alors je me mis à réfléchir sur ce que je devais faire. J'arrivai à cette conclusion que je n'avais pas le droit de l'espionner et je me rendis en voiture à mon club.

A six heures, je me présentai chez elle.

Je la trouvai étendue sur un sofa, en toilette de thé, c'est-à-dire en robe d'une étoffe d'argent, relevée à l'aide d'agrafes de ces étranges pierres de lune qu'elle portait toujours.

Elle parut tout à fait charmeuse.

— Je suis si contente de vous voir, dit-elle. Je ne suis pas sortie de la journée.

Je la regardai tout ébahi, et tirant de ma poche le mouchoir, je le lui tendis.

— Vous l'avez laissé tomber dans Cummor Street, cet après-midi, lady Alroy, lui dis-je d'un ton très calme.

Elle me jeta un coup d'œil d'épouvante,

mais ne fit aucun mouvement pour prendre le mouchoir.

— Que faisiez-vous là? demandai-je.

— Quel droit avez vous de m'interroger? répondit-elle.

— Le droit d'un homme qui vous aime, répliquai-je. Je suis venu ici pour vous demander de devenir ma femme.

Elle se cacha la figure dans ses mains, et fondit en un déluge de larmes.

— Il faut que vous me répondiez? lui dis-je.

Elle se leva et me regardant bien en face dit :

— Lord Murchison, il n'y a rien à vous dire.

— Vous êtes venue ici pour voir quelqu'un. m'écriai-je. C'est là votre secret.

Elle pâlit affreusement et dit :

— Je n'ai donné de rendez-vous à personne.

— Ne pouvez-vous pas dire la vérité? m'écriai-je.

— Mais je l'ai dite, répliqua-t-elle.

J'étais éperdu, affolé. Je ne sais ce que je

lui ai dit, mais je lui ai dit des choses terribles.

Finalement je m'élançai hors de la maison.

Elle m'écrivit le lendemain, mais je lui renvoyai sa lettre sans l'avoir ouverte. Je partis pour la Norvège avec Alan Colville.

Je revins au bout d'un mois, et la première chose, que je vis dans le *Morning Post*, ce fut la mort de lady Alroy.

Elle avait pris un refroidissement à l'Opéra, et elle avait succombé en cinq jours à une congestion pulmonaire.

Je m'enfermai et ne voulus voir personne, je l'avais tant aimée et je l'aimais si follement. Grands dieux, comme j'ai aimé cette femme !

— Vous êtes allé dans cette rue, dans cette maison? demandai-je.

— Oui, répondit-il, un jour je me rendis dans Cummor-Street. Je ne pus m'en empêcher. J'étais torturé par le doute..

Je frappai à la porte, et une femme d'air très convenable vint m'ouvrir la porte.

Je lui demandai si elle avait un appartement à louer.

— Ah! monsieur, répondit-elle, je crois que l'appartement est à louer, mais je n'ai pas vu la dame depuis trois mois, et comme le loyer continue à courir, il m'est impossible de vous le louer.

— Est ce de cette dame qu'il s'agit? lui demandai-je en lui montrant la photographie.

— Oui, c'est elle, bien sûr, s'écria-t-elle, mais quand sera-t-elle de retour ?

— La dame est morte, répondis-je.

— J'espère bien que non, dit la femme. Elle était ma meilleure locataire. Elle me payait trois guinées par semaine, rien que pour venir dans mon salon de temps en temps.

— Elle recevait quelqu'un ici? dis-je.

Mais la femme m'assura que non, qu'elle venait toujours seule, et ne voyait personne.

— Que diable alors venait-elle faire ici! m'écriai-je.

— Elle restait tout simplement au salon, monsieur. Elle lisait des livres, et quelquefois elle prenait le thé, répondit la femme.

Je ne savais pas que dire. Je lui donnai donc un souverain et je m'en allai.

— Maintenant dites-moi qu'est-ce que tout cela signifiait ? Vous ne croyez pas que la femme disait la vérité.

— Je le crois.

— Alors pourquoi lady Alroy allait-elle dans cette maison ?

— Mon cher Gérald, répondis-je, lady Alroy était tout simplement une-femme atteinte de la manie du mystère. Elle louait cet appartement pour le plaisir de s'y rendre avec son voile baissé et de s'imaginer qu'elle était une héroïne. Elle avait une folle passion pour le secret, mais elle était, elle-même, tout simplement, un sphinx sans secret.

— Est-ce là votre véritable opinion ?

— J'en suis convaincu, répondis-je.

Il sortit le porte-carte de maroquin, l'ouvrit et regarda la photographie.

— Je me le demande, fit-il enfin.

LE
MODÈLE MILLIONNAIRE

NOTE ADMIRATIVE

11.

Publiée, pour la première fois en 1891 à la suite du *Crime de lord Arthur Savile*, cette nouvelle a été réimprimée pour une circulation privée depuis la mort d'Oscar Wilde.

LE
MODÈLE MILLIONNAIRE

NOTE ADMIRATIVE

Quand on n'a pas de fortune, il ne sert à rien d'être un charmant garçon.

Le roman est un privilège des riches et non une profession pour ceux qui n'ont pas d'emploi.

Il vaut mieux avoir un revenu fixe que d'être un charmeur.

Tels sont les grands axiomes de la vie moderne, et Hughie Erskine ne se les est jamais assimilés.

Pauvre Hughie !

Au point de vue intellectuel, nous devons reconnaître qu'il n'était point un phénomène.

Jamais il ne lui était arrivé en sa vie de lancer un trait brillant, ni même une rosserie. Cela n'empêche qu'il était étonnamment séduisant, avec sa chevelure frisée, son profil nettement dessiné et ses yeux gris.

Il était aussi en faveur auprès des hommes qu'auprès des femmes. Il possédait toutes les sortes de talents, excepté celui de gagner de l'argent.

Son père lui avait légué sa latte de cavalerie et une *Histoire de la Guerre de la Péninsule* en quinze volumes.

Hughie avait accroché le premier de ces legs au-dessus de son miroir, et rangé le second sur une étagère entre le *Guide* de Ruff[1], et le *Magazine* de Bailey[2] et il vivait d'une pension annuelle de deux cents livres que lui faisait une vieille tante.

Il avait essayé de tout.

Il avait fréquenté la Bourse pendant six

---

1. Ruff est l'auteur du *Guide du Turf*. (*Note du traducteur.*)

2. *The Museum*. Bailey est mort en 1823. (*Note du traducteur.*)

mois, mais que voulez-vous que devienne un papillon parmi des taureaux et·des ours?

Il s'était .établi commerçant en .thé,. et il l'était resté un peu plus longtemps, mais il avait fini par en avoir assez du *pekoé* et du *souchong*.

Puis, il avait essayé de vendre du sherry sec. Cela ne lui avait pas réussi. Le sherry était un peu trop sec.

Finalement il devint... rien du tout; un charmant jeune homme impropre à quoi que ce fût, toujours avec un profil parfait, toujours sans profession.

Et pour que son malheur fût complet, il devint amoureux.

La jeune fille, qu'il aimait, avait nom Laura Merton. Son père était un colonel retraité qui avait perdu toute sa patience et toute ses facultés digestives dans l'Inde et ne les retrouva jamais depuis.

Laura adorait Hughie, et celui-ci eut baisé les cordons des souliers de Laura.

C'était le couple le plus charmant qu'on pût

voir à Londres et à eux deux, ils ne possédaient pas un penny.

Le colonel avait beaucoup d'affection pour Hughie, mais il ne voulait pas entendre parler de mariage.

— Mon garçon, disait-il souvent, venez me trouver quand vous serez à la tête de dix mille livres bien à vous, alors on verra.

Et, ces jours-là, Hughie avait l'air très bougon, et il lui fallait, pour se consoler, la société de Laura.

Un matin, comme il se rendait à Holland Park où habitaient les Merton, il lui prit fantaisie d'aller voir en passant son grand ami, Alan Trevor.

Trevor était peintre. Actuellement peu de gens échappent à cette contagion, mais il était, en outre, un artiste, et les artistes sont assez rares.

A en juger par son extérieur, Alan était un singulier personnage, sauvage, avec une figure toute pointillée de taches de rousseur, et une barbe rouge et hirsute. Mais, dès qu'il avait un pinceau à la main, on se trouvait en

présence d'un maître et ses tableaux étaient
recherchés avec empressement.

Il avait éprouvé tout d'abord à l'égard de
Hughie une vive attraction, due, il faut le
dire, au charme personnel de celui-ci uniquement.

— Les seules gens qu'un peintre devrait connaître, répétait-il, ce sont des êtres beaux et
bêtes, des gens dont la vue vous donne un
plaisir artistique et dont la conversation est
pour vous un repos intellectuel. Les hommes
qui sont des dandys et les femmes qui sont
des coquettes, voilà les êtres qui gouvernent
le monde, ou qui du moins devraient le
gouverner.

Mais quand il en fut à mieux connaître
Hughie, il finit par l'aimer tout autant à cause
de son entrain, de sa bonne humeur, de sa
nature étourdiment généreuse, et lui donna le
droit d'entrer à toute heure dans son atelier.

Hughie, quand il entra, trouva Trevor en
train de donner les derniers coups de pinceau
à une magistrale peinture qui représentait,
en grandeur naturelle, un mendiant.

Le mendiant en personne posait sur une plate-forme placée dans un angle de l'atelier.

C'était un vieux homme tout ratatiné, dont la figure avait l'air d'être en parchemin froissé, avec une expression pitoyable.

Sur ses épaules était jeté un manteau de grossier drap brun, fait de loques et de trous; ses grosses bottes étaient rapiécées, ressemelées. Il avait une main appuyée sur un gros bâton et de l'autre il tendait un reste de chapeau pour demander l'aumône.

— Quel superbe modèle ! fit Hughie à voix basse, en serrant la main à son ami.

— Un superbe modèle! s'écria Trevor à pleine voix, je le crois bien. Des mendiants comme ça, on n'en rencontre pas tous les jours! Une trouvaille, mon cher, un Vélasquez en chair et en os ! Par le ciel! quelle gravure Rembrandt aurait fait avec ça!

— Pauvre vieux ! dit Hughie. Comme il a l'air malheureux! Mais je suppose que pour vous, les peintres, sa figure est en rapport avec sa fortune.

— Certainement, dit Trevor, vous ne voudriez pas qu'un mendiant ait l'air heureux.

—. Combien gagne un modèle par séance?
demanda Hughie, après s'être confortable-
ment installé sur un divan.

— Un shilling par heure.

— Et vous, Alan, combien vous rapporte
votre tableau?

— Oh! celui-là, on me le prend pour deux
mille.

— Livres?

— Guinées. Les peintres, les poètes, les
médecins comptent toujours par guinées.

— Eh! bien! je suis d'avis que le modèle
devrait avoir un tant pour cent, s'écria Hughie en riant, car il fait autant de besogne
que vous.

— Tout ça, ce sont des bêtises. Rien que
la peine qu'on se donne à étendre les couleurs
et d'être toujours debout, le pinceau à la
main. Vous en parlez à votre aise, Hughie,
mais je vous réponds qu'à de certains moments, l'art s'élève jusqu'au niveau d'un métier manuel. Mais assez causé comme cela!

Je suis très occupé. Prenez une cigarette et tenez-vous tranquille.

Quelques instants après, le domestique entra et dit à Trevor que l'encadreur demandait à lui parler.

— Ne vous en allez pas, Hughie, dit-il en sortant, je serai bientôt de retour.

Le vieux mendiant profita de l'absence de Trevor pour se reposer un moment sur le banc de bois qui se trouvait derrière lui.

Il avait l'air si abandonné, si misérable qu'Hughie ne put s'empêcher d'avoir compassion de lui, et qu'il tâta ses poches pour savoir combien il lui restait.

Il n'y trouva qu'un souverain et quelque menue monnaie.

— Pauvre vieux ! se disait-il intérieurement, il en a plus besoin que moi, mais ça veut dire que je me passerai de fiacres pendant quinze jours.

Et traversant l'atelier, il glissa le souverain dans la main du mendiant.

Le vieux sursauta.

Puis un vague sourire erra sur ses lèvres flétries.

— Merci, monsieur, dit-il, merci.

Trevor étant rentré, Hughie lui dit adieu, en rougissant un peu de son action.

Il passa toute la journée avec Laura, reçut une charmante réprimande pour sa prodigalité et se vit forcé de rentrer à pied.

Ce soir-là, il entra au club de la Palette vers onze heures, et trouva Trevor seul dans le fumoir devant un verre de vin blanc à l'eau de seltz.

— Eh! bien, Alan! lui dit-il, en allumant sa cigarette. Avez-vous terminé votre tableau à votre gré?

— Fini et encadré, mon garçon, répondit Trevor. A propos vous avez fait une conquête, ce vieux modèle, que vous avez vu, est tout à fait enchanté de vous. Il a fallu que je lui parle de vous, que je lui dise tout... qui vous êtes, où vous demeurez, votre revenu, vos projets d'avenir, etc...

— Mon cher Alan, s'écria Hughie, je suis sûr que je vais le trouver en faction devant ma porte quand je rentrerai. Mais non, ce n'est qu'une plaisanterie. Pauvre vieux bonhomme! Je voudrais pouvoir faire quelque chose pour lui. Je trouve terrible qu'on soit aussi misérable. J'ai des quantités de vieux effets chez moi! Pensez-vous que cela ferait son affaire? Je le crois, car ses haillons tombaient par morceaux.

— Mais ça lui allait superbement, dit Trevor. Pour rien au monde je ne ferai son portrait en habit noir. Ce que vous appelez des guenilles, je l'appelle du pittoresque; ce qui vous paraît pauvreté, me semble à moi de la couleur locale! Néanmoins je lui dirai un mot de votre offre.

— Alan, dit Hughie d'un air sérieux, vous autres peintres, vous êtes des gens sans cœur.

— Un artiste a son cœur dans sa tête, repartit Trevor. D'ailleurs, nous avons à voir le monde comme il est, et non à le refaire d'après ce que nous en savons. A chacun son métier. Maintenant donnez-moi des nouvelles de Laura. Le vieux modèle s'est vraiment intéressé à elle.

— Vous ne voulez pas dire que vous lui
en avez parlé? fit Hughie.

— Mais si, certainement, il sait tout : le
colonel inexorable, la charmante Laura, et
les dix mille livres.

— Vous avez raconté toutes mes affaires
particulières à ce vieux mendiant ! s'écria
Hughie, la figure rouge, l'air très en colère.

— Mon vieux, dit Trevor en souriant, ce
vieux mendiant, comme vous dites, est l'un
des hommes les plus riches de l'Europe. Il
pourrait acheter tout Londres demain sans
épuiser sa fortune. Il a une maison dans toutes les capitales. Il dîne dans de la vaisselle
en or, et s'il lui déplaît que la Russie fasse la
guerre, il peut l'en empêcher.

— Qu'est-ce que vous me racontez donc là ?
s'écria Hughie.

— C'est comme je vous le dis, reprit Trevor. Le vieux, que vous avez vu aujourd'hui
dans l'atelier, c'était le baron Hausberg. C'est
un de mes grands amis. Il achète tous mes
tableaux et des quantités d'autres. Et il y a
un mois, il m'a demandé de faire son por-

trait en costume de mendiant. Que voulez-vous? Une fantaisie de millionnaire, et je dois convenir qu'il faisait une magnifique figure dans ses guenilles. Je devrais plutôt dire, dans mes guenilles. C'est un vieux costume que j'ai rapporté d'Espagne.

— Le baron Hausberg, grand dieux! s'écria Hughie. Et moi qui lui ai donné un souverain!

Et il se laissa tomber dans un fauteuil, et il eut l'air de personnifier le désappointement.

— Vous lui avez donné un souverain! cria Trevor en éclatant de rire! Mon garçon, ce souverain-là, vous ne le reverrez jamais! *Son affaire c'est l'argent des autres.*

— Il me semble, Alan, que vous auriez bien pu me prévenir, dit Hughie d'un ton maussade, au lieu de me laisser commettre une bêtise aussi ridicule.

— Voyons, Hughie, dit Trevor. En premier lieu, il ne pouvait me venir à l'esprit l'idée que vous alliez distribuant ainsi l'aumône à l'aventure de cette façon extravagante. Que vous embrassiez un joli modéle, cela, je le comprends, mais que vous donniez un souverain à un modèle de laideur! Par Jupiter non! Et d'autre part, ma porte était fermée ce jour-là pour tout le monde. Lorsque vous êtes venu, je me suis demandé si Hausberg serait flatté de s'entendre nommer. Vous savez, il n'était pas en tenue de bal.

— Je suis sûr qu'il me prend pour un aigrefin, dit Hughie.

— Pas du tout! Il était enchanté, quand vous êtes parti; il ne cessait de se parler tout bas, de se frotter ses vieilles mains ridées. Je me demandais pourquoi il mettait tant d'insistance à savoir tout ce qui vous concernait, et n'y comprenais rien, mais j'y vois clair maintenant. Il va placer votre souverain à votre nom, Hughie. Tous les six mois, il vous enverra l'intérêt, et il aura une histoire superbe à conter au dessert.

—Je suis un pauvre diable de malheureux, grommela Hughie et ce que j'ai de mieux à faire c'est d'aller me coucher! Quant à vous, mon cher Alan, n'en parlez à personne; je n'oserais plus me montrer dans le Roso.

12

— Des bêtises! cela fait le plus grand honneur à votre esprit de philanthropie, Hughie. Et ne partez pas! Prenez une autre cigarette, vous me parlerez de Laura tant que vous voudrez.

Mais Hughie ne voulut pas rester.

Il rentra chez lui à pied, se sentant très malheureux, et il quitta Alan au milieu d'une crise de fou rire.

Le lendemain matin, pendant qu'il déjeunait, le domestique lui remit une carte portant ces mots :

« Monsieur Gustave Naudin, de la part de monsieur le baron de Hausberg. »

— Je suppose qu'il m'envoie demander des excuses, se dit Hughie.

Et il donna au domestique l'ordre de faire entrer.

Un vieux gentleman avec des lunettes d'or et des cheveux gris fut introduit et dit avec un léger accent français.

— C'est bien à monsieur Hughie Erskine que j'ai l'honneur de parler?

Hughie s'inclina.

— Je viens de la part du baron Hausberg, reprit-il.

Le baron...

— Je vous prie, monsieur, de lui présenter mes excuses les plus sincères, balbutia Hughie.

— Le baron, reprit le vieux gentleman, en souriant, m'a chargé de vous remettre la lettre que voici.

Et il tendit une enveloppe cachetée.

Sur cette enveloppe étaient écrits ces mots :

« *Cadeau de mariage offert à Hughie Erskine et à Laura Merton par un vieux mendiant.*

Et, dans cette enveloppe, il y avait un chèque de dix mille livres.

Quand le mariage eut lieu, Alan fut un des garçons d'honneur, et le baron fit un speech, au déjeuner de noces.

— Des modèles millionnaires, fit remarquer Alan, c'est déjà bien rare, mais des millionnaires modèles, c'est bien plus rare encore.

POÈMES EN PROSE

Publiés au complet pour la première fois dans la *Fortnightly Review* de juillet 1894, les *Poèmes* en prose ont été réimprimés plusieurs fois en Amérique et à Paris (1904-1906).

La Maison du Jugement et le *Disciple* furent publiés isolément, dès 1893, dans *The Spirit Lamp* d'Oxford

I

L'ARTISTE

Un soir naquit dans son âme le désir de modeler la statue du *Plaisir qui dure un instant*. Et il partit par le monde pour chercher le bronze, car il ne pouvait voir ses œuvres qu'en bronze.

Mais tout le bronze du monde entier avait disparu et nulle part dans le monde entier on ne pouvait trouver de bronze, hormis le bronze de la statue du *Chagrin qu'on souffre toute la vie*.

Or, c'était lui-même, et de ses propres mains,

qui avait modelé cette statue et l'avait placée
sur la tombe du seul être qu'il eût aimé dans
sa vie. Sur la tombe de l'être mort qu'il avait
tant aimé, il avait placé cette statue qui était
sa création, pour qu'elle y fût comme un
signe de l'amour de l'homme qui ne meurt
pas et un symbole du chagrin de l'homme,
qu'on souffre toute la vie.

Et dans le monde entier il n'y avait pas
d'autre bronze que le bronze de cette statue.

Et il prit la statue qu'il avait créée et il la
plaça dans une grande fournaise et la livra
au feu.

Et du bronze de la statue du *Chagrin qu'on
souffre toute la vie,* il modela une statue du
Plaisir qui dure un instant.

II

LE FAISEUR DE BIEN

C'était la nuit et *Il* était seul.

Et *Il* vit de loin les murailles d'une cité considérable et *Il* s'approcha de la cité.

Et quand *Il* en fut tout près, *Il* entendit dans la ville le trépignement du plaisir, le rire de l'allégresse et le fracas retentissant de nombreux luths. Et *Il* frappa à la porte et un des gardiens des portes lui ouvrit.

Et *Il* contempla une maison construite de marbre et qui avait de belles colonnades de marbre à sa façade, les colonnades étaient tapissées de guirlandes et au dehors, et au dedans il y avait des torches de cèdre.

Et *Il* pénétra dans la maison.

Et quand *Il* eut traversé le hall de chalcédoine et le hall de jaspe et atteint la grande salle du festin, *Il* vit, couché sur un lit de pourpre marine un homme dont les cheveux étaient couronnés de roses rouges et dont les lèvres étaient rouges de vin.

Et *Il* alla à lui et le toucha sur l'épaule et lui dit :

— Pourquoi vivez-vous ainsi ?

Et le jeune homme se retourna, et *Le* reconnut et *Lui* répondit.

Il *Lui* dit :

— Un jour, je n'étais qu'un lépreux et vous m'avez guéri. Comment vivrais-je autrement ?

Et, un peu plus loin, *Il* vit une femme dont le visage était fardé et le costume de couleurs voyantes et dont les pieds étaient chaussés de perles. Et près d'elle vint, avec l'allure lente d'un chasseur, un jeune homme qui portait un manteau de deux couleurs.

Or, la face de la femme était comme le beau

visage d'une idole et les yeux du jeune homme brillaient de convoitise.

Et *Il* le suivit rapidement.

Il toucha la main du jeune homme et lui dit :

— Pourquoi regardez-vous cette femme de cette façon ?

Et le jeune homme se retourna et *Le* reconnut et dit :

— Un jour que j'étais aveugle, vous m'avez donné la vue. Qui regarderai-je d'autre ?

Et *Il* courut en avant et toucha le vêtement de couleurs voyantes de la femme et lui dit :

— Il n'y a pas ici d'autre route à prendre que celle du péché...

Et la femme se retourna et *Le* reconnut. Et elle rit et elle dit :

— Vous m'avez pardonné mes péchés et cette route est une route agréable.

Et *Il* sortit de la ville.

Et quand *Il* sortait de la ville, *Il* vit assis sur le côté de la route un jeune homme qui pleurait.

13

Et *Il* vint à lui et toucha les longues boucles de ses cheveux et lui dit :

— Pourquoi pleurez-vous ?

Et le jeune homme releva la tête pour le regarder et *Le* reconnut et *Lui* répondit :

— Un jour que j'étais mort, vous m'avez fait me lever d'entre les morts. Comment ferais-je autre chose que pleurer ?

III

LE DISCIPLE

Quand Narcisse mourut, la mare de ses délices se changea d'une coupe d'eaux douces en une coupe de larmes salées et les Oréades vinrent, en pleurant, à travers le bois, chanter près de la mare et la consoler.

Et quand elles virent que la mare s'était, de coupe d'eaux douces, transformée en coupe de larmes salées, elles relâchèrent les boucles vertes de leurs cheveux et crièrent à la mare.

Elles disaient :

— Nous ne nous étonnons pas que vous pleuriez aussi sur Narcisse qui était si beau.

— Mais Narcisse était-il si beau ? dit la mare.

— Qui pouvait mieux le savoir que vous ? répondirent les Oréades. Il nous a négligées, mais vous il vous a courtisée, et il s'est courbé sur vos bords, et il a laissé reposer ses yeux sur vous et c'est dans le miroir de vos eaux qu'il voulait mirer sa beauté.

Et la mare répondit :

— J'aimais Narcisse parce que, lorsqu'il était courbé sur mes bords et laissait reposer ses yeux sur moi, dans le miroir de ses yeux je voyais se mirer ma propre beauté.

IV

LE MAITRE

Or, quand les ténèbres tombèrent sur la terre, Joseph d'Arimathie, ayant allumé une torche de bois résineux, descendit de la colline dans la vallée.

Car il avait affaire dans sa maison.

Et s'agenouillant sur les silex de la Vallée de Désolation, il vit un jeune homme qui était nu et qui pleurait.

Ses cheveux étaient de la couleur du miel et son corps comme une fleur blanche, mais les épines avaient déchiré son corps et sur

ses cheveux, il avait mis des cendres comme
une couronne.

Et Joseph, qui avait de grandes richesses,
dit au jeune homme qui était nu et qui pleurait.

— Je ne m'étonne pas que votre chagrin
soit si grand, car sûrement *Il* était un homme
juste.

Et le jeune homme répondit :

— Ce n'est pas pour lui que je pleure, mais
pour moi-même. J'ai aussi changé l'eau en
vin et j'ai guéri le lépreux, et j'ai rendu la vue
à l'aveugle. Je me suis promené sur les eaux
et j'ai chassé les démons, les habitants des
tombeaux. J'ai nourri les affamés dans le désert où il n'y avait aucune nourriture et j'ai
fait se lever les morts de leurs étroites cou-
ches et à mon ordre, et devant une grande
multitude de peuple, un figuier stérile a re-
fleuri. Tout ce que l'homme a fait, je l'ai fait.
Et pourtant on ne m'a pas crucifié.

V

LA MAISON DU JUGEMENT

Et le silence régnait dans la maison du jugement et l'homme parut nu devant Dieu.

Et Dieu ouvrit le livre de la vie de l'homme.

Et Dieu dit à l'homme :

— Ta vie a été mauvaise, et tu t'es montré cruel envers ceux qui avaient besoin de secours et envers ceux qui étaient dénués d'appui. Tu as été rude et dur de cœur. Le pauvre t'a appelé, et tu ne l'as pas entendu, et tes oreilles ont été fermées au cri de l'homme affligé. Tu t'es emparé pour ton propre usage de l'héritage de l'orphelin et tu as envoyé les renards dans la vigne du champ de ton voisin. Tu as pris le pain des enfants et tu l'as donné à manger aux chiens et mes lépreux qui vivaient dans les marécages, et qui me louaient, tu les as pourchassés sur les grandes routes, sur ma terre, cette terre dont je t'avais formé, et tu as versé le sang innocent.

Et l'homme répondit et dit :

— J'ai également fait cela.

Et derechef Dieu ouvrit le livre de la vie de l'homme.

Et Dieu dit à l'homme :

— Ta vie a été mauvaise et tu as caché la beauté que j'ai montrée et le bien que j'ai caché, tu l'as négligé. Les murailles de ta chambre étaient d'images peintes et, de ton lit d'abomination, tu te levais au son des flûtes. Tu as bâti sept autels aux péchés que j'ai soufferts, et tu as mangé ce que l'on ne doit pas manger, et la pourpre de tes vêtements était brodée de trois signes de honte. Tes idoles n'étaient ni d'or ni d'argent qui subsiste, mais de chair qui périt. Tu baignais leur cheve-

lure de parfums et tu mettais des grenades
dans leurs mains. Tu oignais leurs pieds de
safran et tu déployais des tapis devant eux.
Avec de l'antimoine, tu peignais leurs pau-
pières et, avec la myrrhe, tu enduisais leurs
corps. Devant elles tu t'es incliné jusqu'à
terre et les trônes de tes idoles se sont élevés
au soleil. Tu as montré au soleil ta honte et
à la lune ta folie.

Et l'homme répondit et dit:

— J'ai également fait cela.

Et pour la troisième fois, Dieu ouvrit le livre de la vie de l'homme.

Et Dieu dit à l'homme :

— Ta vie a été mauvaise, et avec le mal tu
as payé le bien et avec l'imposture la bonté.
Tu as blessé les mains qui t'ont nourri et tu as
méprisé les seins qui t'avaient donné leur
lait. Celui qui vint à toi avec de l'eau est
parti altéré et les hommes hors la loi qui t'ont
caché dans leurs tentes la nuit, tu les as li-
vrés avant l'aube. Tu as tendu une embus-
cade à ton ennemi qui t'avait épargné et l'ami
qui marchait avec toi, tu l'as vendu pour de

13.

l'argent, et à ceux qui t'ont apporté l'amour,
tu as en échange donné la luxure.

Et l'homme répondit et dit :

— J'ai également fait cela.

Et Dieu ferma le livre de la vie de l'homme
et dit :

— Vraiment je devrais t'envoyer en enfer.
C'est en enfer que je dois t'envoyer.

Et l'homme s'écria :

— Tu ne le peux pas.

Et Dieu dit à l'homme :

— Pourquoi ne puis-je t'envoyer en enfer
et pour quelle raison ?

— Parce que j'ai toujours vécu en enfer,
répondit l'homme.

Et le silence régna dans la maison du jugement.

Et après un moment Dieu parla et dit à
l'homme :

— Puisque je ne puis t'envoyer en enfer,
vraiment je t'enverrai au ciel. C'est au ciel
que je t'enverrai.

Et l'homme s'écria :

— Tu ne le peux pas.

Et Dieu dit à l'homme :

— Pourquoi ne puis-je t'envoyer au ciel et pour quelle raison ?

— Parce que jamais et nulle part je n'ai pu m'imaginer un ciel, répliqua l'homme.

Et le silence régna dans la maison du jugement.

VI

LE MAITRE DE SAGESSE

Depuis son enfance, il avait été, comme quiconque, bourré de la parfaite] connaissance de Dieu et, même quand il n'était qu'un gamin, bien des saints, comme aussi certaines saintes femmes qui habitaient la libre cité, dans laquelle il était né, avaient été saisis d'un grand émerveillement à ses réponses graves et sages.

Et quand ses parents lui eurent donné la robe et l'anneau de l'âge viril, il les embrassa et les quitta pour aller courir le monde, car il voulait parler de Dieu au monde.

Car il y avait, en ce temps-là, dans le monde, bien des gens qui ne connaissaient aucunement Dieu ou n'avaient de lui qu'une connaissance incomplète ou adoraient les faux dieux qui habitent les bois sacrés et ne se soucient pas de leurs adorateurs.

Et il fit face au soleil et voyagea, marchant sans sandales, comme il avait vu marcher les saints, et portant à sa ceinture une besace de cuir et une petite gourde d'argile brunie.

Et comme il marchait le long de la grande route, il était plein de cette joie qui naît de la parfaite connaissance de Dieu, et il chantait les louanges de Dieu sans interrompre ses chants et, après quelque temps, il entra dans un pays inconnu où s'élevaient bien des cités.

Et il traversa onze cités.

Et quelques-unes de ces cités étaient dans les vallées, d'autres sur les bords de grandes rivières et d'autres assises sur des collines.

Et, dans chaque cité, il trouva un disciple qui l'aima et le suivit, et une grande multitude de peuple de chaque cité le suivit aussi

et la connaissance de Dieu se répandit sur
toute la terre et bien des chefs de gouvernement furent convertis.

Et les prêtres des temples, dans lesquels il
y avait des idoles, trouvèrent que la moitié
de leur gain était perdu et, quand, à midi,
ils battaient leurs tambours, personne ou
bien peu de gens venaient avec des pains
et des offrandes de viande, comme ç'avait été
l'habitude du pays avant l'arrivée du pèle-
rin.

Cependant, plus la foule qui le suivait
s'accroissait, plus le nombre de ses disciples
grandissait, plus son affliction augmentait.

Et il ne savait pas pourquoi son affliction
était si grande, car il parlait toujours de Dieu
et selon la plénitude de parfaite connaissance
de Dieu que Dieu lui avait donnée.

Et, un soir, il sortit de la onzième cité
qui était une cité d'Arménie ; et ses disciples et une grande foule de peuple le suivirent, et il monta sur une montagne et s'assit sur un rocher qu'il y avait sur la montagne.

Et ses disciples se rangèrent autour de lui et la multitude s'agenouilla dans la vallée.

Et il plongea sa tête dans ses mains et pleura, et dit à son âme :

— Pourquoi suis-je plein d'affliction et de crainte et pourquoi chacun de mes disciples est-il comme un ennemi qui s'avance en pleine lumière?

Et son âme lui répondit et dit:

— Dieu t'a rempli de la pleine connaissance de lui-même et tu as donné cette science aux autres. Tu as divisé la perle de grand prix et tu as partagé en fragments le vêtement sans couture. Celui qui répand la sagesse se vole lui-même. Il est comme celui qui donne un trésor à un voleur. Dieu n'est-il pas plus sage que ce que tu l'es? Qui es-tu pour répandre le secret que Dieu t'a confié? J'étais riche un jour et tu m'as appauvrie. J'ai vu Dieu un jour et maintenant tu me l'as caché.

Et de nouveau il pleura, car il savait que son Ame lui disait la vérité et qu'il avait donné aux autres la parfaite connaissance de

Dieu et qu'il était comme un homme qui
s'est accroché aux pans de la robe de Dieu et
que sa foi l'abandonnait en raison du nombre de ceux qui croyaient en lui.

Et il se dit à lui-même :

— Je ne parlerai plus de Dieu. Celui qui
répand la sagesse se vole lui-même.

Et, quelques heures plus tard, ses disciples
vinrent près de lui et, s'inclinant jusqu'à terre,
lui dirent :

— Maître, parle de Dieu, car tu as la parfaite connaissance de Dieu et nul homme
autre que toi n'a cette connaissance.

Et il leur répondit et leur dit :

— Je vous parlerai de toutes les autres
choses qui sont dans le ciel et sur la terre,
mais de Dieu je ne vous en parlerai pas. Ni
maintenant ni en aucun temps je ne vous
parlerai plus de Dieu.

Et ils s'irritèrent contre lui et lui dirent :

— Tu nous as conduits dans le désert pour
que nous puissions t'écouter. Veux-tu nous
renvoyer affamés, nous et la grande foule que
tu as invitée à te suivre.

Et il leur répondit et leur dit :

— Je ne vous parlerai pas de Dieu.

Et la multitude murmura contre lui et lui dit :

— Tu nous as conduits dans le désert et tu ne nous as pas donné de nourriture à manger. Parle-nous de Dieu et cela nous suffira.

Mais il ne leur répondit pas un mot, car il savait que s'il parlait de Dieu il leur donnerait un trésor.

Et les disciples s'en furent tristement et la multitude retourna dans ses maisons. Et beaucoup moururent en route.

Et, quand il fut seul, il se leva et se tourna vers la lune et voyagea pendant sept lunes, ne parlant à aucun homme et ne répondant à aucune question.

Et quand la septième lune fut à son déclin, il atteignit ce désert qui est le désert de la grande Rivière.

Et ayant trouvé vide une caverne qu'habitait jadis un Centaure, il la prit pour abri et s'y fit une natte de jonc pour y coucher et mener la vie d'un ermite.

Et, chaque heure, l'ermite louait Dieu qui avait permis qu'il apprît à le connaître et à connaître son admirable grandeur.

Or, un soir, comme l'ermite était assis devant la caverne où il s'était organisé un lieu de repos, il aperçut un jeune homme au visage pervers et beau qui passait en habits simples et les mains vides.

Chaque soir, le jeune homme repassa les mains vides et, chaque matin, il revint les mains pleines de pourpre et de perles, car c'était un voleur, et il volait les caravanes de marchands.

Et l'ermite le regarda et il eut pitié de lui. Mais il ne lui dit pas un mot, car il savait que celui qui dit un mot perd la foi.

Et, un matin, comme le jeune homme revenait les mains pleines de pourpre et de perles, il s'arrêta, fronça les sourcils, frappa du pied sur la table et dit à l'ermite :

— Pourquoi me regardez-vous toujours de la sorte quand je passe? Qu'est-ce donc que je vois dans vos yeux? Car aucun homme ne m'a regardé auparavant de cette façon. Et c'est pour moi un aiguillon et un chagrin.

Et l'ermite lui répondit et dit :

— Ce que vous voyez dans mes yeux, c'est de la pitié. C'est la pitié qui vous regarde par mes yeux.

Et le jeune homme ricana d'un rire méprisant et cria à l'ermite d'une voix amère.

Il lui dit :

— J'ai de la pourpre et des perles dans mes mains et vous n'avez pour vous coucher qu'une natte de jonc. Quelle pitié auriez-vous pour moi ? Et pour quelle raison avez-vous cette pitié ?

— J'ai pitié de vous, dit l'ermite, parce que vous ne connaissez pas Dieu.

— La connaïssance de Dieu est-elle une chose précieuse ? demanda le jeune homme.

Et il s'approcha de l'entrée de la caverne.

— Elle est plus précieuse que toute la pourpre et toutes les perles du monde, répondit l'ermite.

— Et la possédez-vous ? dit le jeune voleur.

Et il s'approcha encore.

— Jadis, répondit l'ermite, j'ai possédé vraiment la parfaite connaissance de Dieu, mais dans ma folie je l'ai partagée et je l'ai divisée entre bien d'autres hommes. Même encore maintenant pareille ressouvenance est et demeure pour moi plus précieuse que la pourpre et les perles.

Et quand le jeune voleur entendit cela, il jeta la pourpre et les perles qu'il portait dans ses mains et, tirant une épée pointue d'acier recourbé, il dit à l'ermite :

— Donnez-moi sur l'heure cette connaissance de Dieu que vous possédez ou je vais vous tuer sans hésiter? Pourquoi ne tuerai-je pas celui qui possède un trésor plus grand que mon trésor?

Et l'ermite étendit ses bras et dit :

— Ne vaudrait-il pas mieux pour moi d'aller dans les cours les plus éloignées de la maison de Dieu et le louer que de vivre dans le monde et de ne pas le connaître? Tuez-moi si c'est votre volonté. Mais je ne livrerai pas ma connaissance de Dieu.

Et le jeune voleur tomba à genoux et le

supplia, mais l'ermite ne voulut ni lui parler de Dieu ni lui donner son trésor.

Et le jeune voleur se leva et dit à l'ermite :

— Qu'il en soit comme vous le voulez. Pour moi, je vais aller à la Ville des Sept Péchés qui n'est qu'à trois jours de marche d'ici, et pour ma pourpre on me donnera du plaisir et pour mes perles on me vendra de la joie.

Et il reprit la pourpre et les perles et s'en fut rapidement.

Et l'ermite l'appela à grands cris. Il le suivit et l'implora.

Durant trois jours, il suivit le jeune voleur sur la route, et il le supplia de revenir, de ne pas entrer dans la cité des Sept Péchés.

Et, à tout moment, le jeune voleur regardait l'ermite, et l'appelait, et lui disait :

— Voulez-vous me donner cette connaissance de Dieu qui est plus précieuse que la pourpre et les perles ? Si vous voulez me donner cela, je n'entrerai pas dans la Cité.

Et toujours l'ermite répondait :

— Je vous donnerai tout ce que j'ai, à

l'exception d'une seule chose, car cette chose-là il ne m'est pas permis de la donner.

Et, au crépuscule du troisième jour, ils arrivèrent près des grandes portes écarlates de la Cité des Sept Péchés.

Et de la Cité le bruit de mille éclats de rire vint jusqu'à eux.

Et le jeune voleur rit en réponse et s'efforça de frapper à la porte.

Et comme il y frappait, l'ermite courut sur lui, et le saisit par les pans de ses vêtements et lui dit :

— Etendez vos mains et mettez vos bras autour de mon cou; approchez votre oreille de mes lèvres et je vous donnerai ce qu'il me reste de la connaissance de Dieu.

Et le jeune voleur s'arrêta.

Et, quand l'ermite lui eut livré sa connaissance de Dieu, il tomba sur le sol et pleura, et de grandes ténèbres lui cachèrent la ville et le jeune voleur si bien qu'il ne les vit plus.

Et comme il était là courbé tout en larmes, il s'aperçut que quelqu'un était debout à côté de lui et celui qui était debout à côté de lui avait des pieds d'airain et des cheveux comme de la laine fine.

Et il releva l'ermite et lui dit :

— Jusqu'ici tu as eu la parfaite connaissance de Dieu ; maintenant tu as le parfait amour de Dieu. Pourquoi pleures-tu ?

Et il le baisa.

L'AME HUMAINE

SOUS LE RÉGIME SOCIALISTE

14

Cette étude a été insérée dans la *Fortnightly Re-view* en février 1891, réimprimée en 1891 à New-York et en Angleterre en 1895 en une édition non mise dans le commerce, et quatre fois rééditée depuis la mort d'Oscar Wilde.

Il en existe une traduction allemande récente.

L'AME HUMAINE

SOUS LE RÉGIME SOCIALISTE

Le principal avantage qui résulterait de l'établissement du socialisme. serait, à n'en pas douter, que nous serions délivrés par lui de cette sordide nécessité de vivre pour d'autres, qui dans l'état actuel des choses, pèse d'un poids si lourd sur tous presque sans exception. En fait, on ne voit pas qui peut s'y soustraire.

Çà et là, dans le cours du siècle, un grand homme de science, tel que Darwin; un grand poète, comme Keats; un subtil critique comme Renan; un artiste accompli, comme Flaubert, ont su s'isoler, se placer en dehors de la zone où le reste des hommes fait entendre ses clameurs, se tenir à l'abri du mur, que décrit

14.

Platon [1], réaliser ainsi la perfection de ce qui était en chacun, avec un avantage incalculable pour eux, à l'avantage infini et éternel du monde entier.

Néanmoins, ce furent des exceptions.

La majorité des hommes gâchent leur existence par un altruisme malsain, exagéré, et en somme, ils le font par nécessité. Ils se voient au milieu d'une hideuse pauvreté, d'une hideuse laideur, d'une hideuse misère. Ils sont fortement impressionnés par tout cela, c'est inévitable.

L'homme est plus profondément agité par ses émotions que par son intelligence, et comme je l'ai montré en détail dans un article que j'ai jadis publié sur la *Critique et l'Art* [2], il est bien plus facile de sympathiser avec ce qui souffre, que de sympathiser avec ce qui

1. Allusion à l'allégorie de la caverne dans *La République*, livre VII.

2. *La Critique et l'art*. Cette étude fait partie du volume *Intentions*, si bien traduit par M. J.-J. Renaud, (Stock, éditeur), p. 98. Elle avait paru pour la première fois dans la *Nineteenth Century* en juillet 1890 et en volume l'année suivante.

·pense. Par suite, avec des intentions admirables, mais mal dirigées, on se met très sérieusement, très sentimentalement à la besogne de remédier aux maux dont on est témoin. Mais vos remèdes ne sauraient guérir la maladie, ils ne peuvent que la prolonger, on peut même dire que vos remèdes font partie intégrante de la maladie.

Par exemple, on prétend résoudre le problème de la pauvreté, en donnant aux pauvres de quoi vivre, ou bien, d'après une école très avancée, en amusant les pauvres.

Mais par là, on ne résout point la difficulté ; on l'aggrave, *le but véritable consiste à s'efforcer de reconstruire la société sur une base telle que la pauvreté soit impossible.* Et les vertus altruistes ont vraiment empêché la réalisation de ce plan.

Tout de même que les pires possesseurs d'esclaves étaient ceux qui témoignaient le plus de bonté à leurs esclaves, et empêchaient ainsi d'une part les victimes du système d'en sentir toute l'horreur, et de l'autre les simples spectateurs de la comprendre, ainsi, dans

l'état actuel des choses en Angleterre, les gens
qui font le plus de mal, sont ceux qui s'éver-
tuent à faire le plus de bien possible. C'est au
point qu'à la fin nous avons été témoins de ce
spectacle : des hommes qui ont étudié sérieusement le problème, et qui connaissent la vie,
des hommes instruits, et qui habitent East-
End, en arrivent à supplier le public de mettre un frein à ses impulsions altruistes de
charité, de bonté, etc. Et ils le font par ce motif que la Charité dégrade et démoralise. Ils
ont parfaitement raison.

La Charité est créatrice d'une multitude de
péchés.

Il reste encore à dire ceci : c'est chose immorale que d'employer la propriété privée à
soulager les maux affreux que cause la priva-
tion de propriété privée ; c'est à la fois immoral et déloyal.

Sous le régime socialiste, il est évident que
tout cela changera.

Il n'y aura plus de gens qui habiteront des
tanières puantes, seront vêtus de haillons fé-
tides, plus de gens pour procréer des enfants

malsains, et émaciés par la faim, au milieu
de circonstances impossibles et dans un en-
tourage absolument repoussant.

La sécurité de la société ne sera plus su-
bordonnée, comme elle l'est aujourd'hui, au
temps qu'il fait. S'il survient de la gelée, nous
n'aurons plus une centaine de mille hommes
forcés de chômer, vaguant par les rues dans
un état de misère répugnante, geignant auprès
des voisins pour en tirer des aumônes ou
s'entassant à la porte d'abris dégoûtants pour
tâcher d'y trouver une croûte de pain et un
logement malpropre pour une nuit. Chacun
des membres de la société aura sa part de la
prospérité générale et du bonheur social, et
s'il survient de la gelée, personne n'en éprou-
vera d'inconvénient réel.

Et d'autre part, *le socialisme en lui-même
aura pour grand avantage de conduire à l'individualisme.*

Le socialisme, le communisme, — appelez
comme vous voudrez le fait de convertir toute
propriété privée en propriété publique, de sub-
stituer la coopération à la concurrence, — ré-

tablira la société dans son état naturel d'organisme absolument sain, il assurera le bien-être
matériel de chaque membre de la société. En
fait, il donnera à la vie sa vraie base, le milieu qui lui convient. Mais pour que la vie at-
teigne son mode le plus élevé de perfection,
il faut quelque chose de plus.

Ce qu'il faut, c'est l'individualisme.

Si le socialisme est autoritaire, s'il existe
des gouvernements armés du pouvoir économique, comme il y en a aujourd'hui qui sont
armés du pouvoir politique, en un mot, si
nous devons avoir des tyrannies industrielles,
alors ce nouvel état de choses sera pire pour
l'homme que le premier.

Actuellement, grâce à l'existence de la propriété privée, beaucoup d'hommes sont en état
de produire une somme extrêmement res-
treinte d'individualisme.

Les uns sont soustraits à la nécessité de
travailler pour vivre, les autres sont libres de
choisir la sphère d'activité où ils se sentent
réellement dans leur élément, où ils trouvent
leur plaisir : tels sont les poètes, les philoso-

phes, les hommes de science, les hommes
cultivés, en un mot les hommes qui sont par-
venus à se définir, ceux en qui toute l'humanité réussit à se réaliser partiellement.

D'autre part, il existe bon nombre d'hommes qui, dépourvus de toute propriété personnelle, toujours sur le point de tomber dans
l'abîme de la faim, sont contraints à faire des
besognes bonnes pour les bêtes de somme,
à faire des besognes absolument désagréables
pour eux, et la tyrannie de la nécessité, qui
donne des ordres, qui ne raisonne pas, les y
force. Tels sont les pauvres, et on ne trouve
chez eux nulle grâce dans les manières, nul
charme dans le langage, rien qui rappelle la
civilisation, la culture, la délicatesse dans le
plaisir, la joie de vivre.

Leur force collective est d'un grand profit
pour l'humanité. Mais ce qu'elle y gagne se
réduit au résultat matériel.

Quant à l'individu, s'il est pauvre, il n'a
pas la moindre importance. Il fait partie,
atome infinitésimal, d'une force qui, bien
loin de l'apercevoir, l'écrase, et d'ailleurs

préfère le voir écrasé, car cela le rend bien plus obéissant.

Naturellement, on peut dire que l'individualisme tel que le produit un milieu où existe la propriété privée, n'est pas toujours, que même, en règle générale, il est rarement d'une qualité bien fine, d'un type bien merveilleux, et qu'à défaut de culture et de charme, les pauvres ont encore bien des vertus.

Ces deux assertions seraient tout à fait vraies.

La possession de la propriété privée est souvent des plus démoralisantes, et il est tout naturel que le socialisme voie là une des raisons de se délivrer de cette institution. En fait, la propriété est un vrai fléau.

Il y a quelque temps des hommes parcoururent le pays en disant que la propriété a des devoirs. Ils le dirent si souvent d'une façon si ennuyeuse, que l'Eglise s'est mise à le dire. On l'entend répéter dans toutes les chaires.

Cela est parfaitement vrai.

Non seulement la propriété a des devoirs,

mais elle a des devoirs si nombreux, qu'au delà de certaines limites, sa possession est une source d'ennuis. Elle comporte des servitudes à n'en plus finir pour les uns; pour d'autres une continuelle application aux affaires : ce sont des ennuis sans fin.

Si la propriété ne comportait que des plaisirs, nous pourrions nous en accommoder, mais les devoirs qui s'y rattachent la rendent insupportable. Nous devons la supprimer, dans l'intérêt des riches.

Quant aux vertus des pauvres, il faut les reconnaître, elles n'en sont que plus regrettables.

On nous dit souvent que les pauvres sont reconnaissants de la charité. Certains le sont, nul n'en doute, mais *les meilleurs d'entre eux ne sont jamais reconnaissants.* Ils sont ingrats, mécontents, indociles, ingouvernables, et c'est leur droit strict.

Ils sentent que la Charité est un moyen de restitution partielle ridiculement inadéquat, ou une aumône sentimentale, presque toujours aggravée d'une impertinente indiscrétion que l'homme sentimental se permet pour diriger tyranniquement leur vie privée.

Pourquoi ramasseraient-ils avec reconnaissance les croûtes de pain qui tombent de la table du riche ?

Leur place serait à cette même table, et ils commencent à le savoir.

On parle de leur mécontentement. Un homme qui ne serait pas mécontent dans un tel milieu, dans une existence aussi basse, serait une parfaite brute.

Aux yeux de quiconque a lu l'histoire, la désobéissance est une vertu primordiale de l'homme. C'est par la désobéissance que s'est accompli le progrès, par la désobéissance et la révolte.

Parfois on loue les pauvres d'être économes. Mais recommander l'économie aux pauvres, c'est chose à la fois grotesque et insultante. Cela revient à dire à un homme qui meurt de faim : « ne mangez pas tant ». Un travailleur de la ville ou des champs qui pratiquerait l'économie serait un être profondément immoral. On devrait se garder de

donner la preuve qu'on est capable de vivre
comme un animal réduit à la portion con-
grue. On devrait se refuser à vivre de cette
façon ; il est préférable de voler ou de recourir à l'assistance publique, ce que bien des
gens regardent comme une forme du vol.
Quant à mendier, c'est plus sûr que de prendre, mais prendre est plus beau que mendier. Non, un homme pauvre qui est ingrat,
dépensier, mécontent, rebelle, est probablement *quelqu'un*, et il y a en lui bien des choses. Dans tous les cas, il est une protestation
saine.

Quant aux pauvres vertueux, nous pouvons
les plaindre, mais pour rien au monde nous
ne les admirerons. Ils ont traité pour leur
compte personnel avec l'ennemi, et vendu
leur droit d'aînesse pour un très méchant
plat. Il faut donc que ce soient des gens extrêmement bornés.

Je comprends fort bien qu'on accepte des
lois protectrices de la propriété privée, qu'on
en admette l'accumulation, tant qu'on est
capable soi-même de réaliser dans de telles

conditions quelque forme de vie esthétique et intellectuelle. Mais ce qui me paraît tout à fait incroyable, c'est qu'un homme dont l'existence est entravée, rendue hideuse par de telles lois puisse se résigner à leur permanence.

Et pourtant la vraie explication n'est point malaisée à trouver, la voici dans toute sa simplicité.

La misère, la pauvreté ont une telle puissance dégradante, elles exercent un effet paralysant si énergique sur la nature humaine, qu'aucune classe n'a une conscience nette de ses propres souffrances. Il faut qu'elle en soit avertie par d'autres, et souvent elle refuse totalement de les croire.

Ce que les grands employeurs de travail disent contre les agitateurs est d'une incontestable vérité.

Les agitateurs sont une bande de gens qui se mêlent à tout, se fourrent partout ; ils s'en prennent à une classe qui jusqu'alors était parfaitement satisfaite, et ils sèment chez elle les germes du mécontentement. C'est là ce qui fait que les agitateurs sont des plus né-

cessaires. Sans eux, dans notre état d'imper-
fection sociale, on ne ferait pas un seul progrès vers la civilisation.

Si l'esclavage a disparu d'Amérique, cela
n'est nullement dû à l'initiative des esclaves et
ils n'ont pas même exprimé formellement le
désir d'être libres. Sa suppression est entièrement due à la conduite grossièrement illé-
gale de certains agitateurs de Boston et d'ailleurs, qui n'étaient point eux-mêmes des
esclaves ni des possesseurs d'esclaves, qui
n'avaient aucun intérêt réellement engagé
dans la question. Ce sont les abolitionnistes,
certainement, qui ont allumé la torche, l'ont
tenue en l'air, qui ont mis en marche toute
l'affaire. Et, chose assez curieuse, ils n'ont
trouvé qu'un très faible concours chez les
esclaves eux-mêmes, ils n'ont guère éveillé
en ceux-là de sympathies, et quand la guerre
fut terminée, quand les esclaves se trouvaient
libres, en possession même d'une liberté tellement complète qu'ils étaient libres de mourir de faim, beaucoup parmi eux déplorèrent
le nouvel état de choses.

Pour le penseur, l'événement le plus tragique, dans toute la Révolution française,
n'est point que Marie-Antoinette ait été mise
à mort comme Reine, mais que les paysans
affamés de la Vendée aient couru volontai-
rement se faire tuer pour la cause affreuse de
la féodalité.

Il est donc clair qu'un socialisme autoritaire ne fera pas l'affaire. En effet, dans le
système actuel, un très grand nombre de gens
peuvent mener une existence qui comporte
une certaine somme de liberté, d'expression,
de bonheur. Dans une société composée de
casernes industrielles, sous un régime de
tyrannie économique, personne ne serait en
état de jouir de cette liberté.

Il est fâcheux qu'une partie de notre population soit dans un état équivalent à l'esclavage, mais il serait puéril de prétendre résoudre le problème par l'asservissement de toute
la population.

Il faut que chacun ait la liberté de choisir
son travail. On ne doit exercer sur personne
aucune contrainte, quelle qu'en soit la forme.

S'il s'en produit, son travail ne sera pas bon pour lui, ne sera pas bon en soi, ne sera pas bon pour les autres. Et par travail, j'entends simplement toute sorte d'activité.

J'ai peine à croire qu'il se trouve aujourd'hui un seul socialiste pour proposer que chaque matin un inspecteur aille dans chaque maison s'assurer que le citoyen qui l'occupe est levé, et fait ses huit heures de travail manuel.

L'humanité a dépassé cette phase et réserve ce genre de vie à ceux que, pour des raisons fort arbitraires, elle juge à propos d'appeler les criminels.

Mais j'avoue que bien des plans de socialisme, qui me sont tombés sous les yeux, me paraissent viciés d'idées autoritaires, sinon de contrainte effectuée. Naturellement il ne saurait être question d'autorité ni de contrainte. Toute association doit être entièrement volontaire. *C'est seulement par l'association volontaire que l'homme se développe dans toute sa beauté.*

On se demandera peut-être comment l'in-

dividualisme, plus ou moins subordonné de
nos jours à l'existence de la propriété privée,
trouvera son profit à l'abolition de toute propriété privée.

La réponse est très simple.

Il est vrai que dans les conditions actuelles,
un petit nombre d'hommes, qui possédaient
en propre, des moyens d'existence, comme
Byron, Shelley, Browning, Victor Hugo, Bau-
delaire, et d'autres ont été en mesure de réaliser plus ou moins complètement leur personnalité. Pas un de ces hommes n'a travaillé
un seul jour pour un salaire. Ils étaient à
l'abri de la pauvreté. Ils avaient un immense
avantage.

Il s'agit de savoir si l'individualisme ga-
gnerait à la suppression d'un tel avantage.

Qu'advient-il alors de l'individualisme ?

Quel benéfice en retirera-t-il ?

Il en profitera de la façon suivante :

Dans le nouvel état de choses, l'individualisme sera bien plus libre, bien plus affiné,
bien plus intensifié qu'il ne l'est actuellement.

Je ne parle point de l'individualisme gran-

diose que ces poètes réalisent dans leur imagination, mais du grand individualisme qui
existe à l'état latent, potentiel dans l'humanité en général. Car l'acceptation de la propriété a fait un tort véritable à l'individualisme, et l'a rendu nébuleux par suite de la
confusion entre l'homme et ce qu'il possède.

Elle a fait dévier entièrement l'individualisme. Elle lui a donné pour but le gain et
non la croissance. Par suite, on a cru que le
point important était d'avoir, et l'on a ignoré
que le point important, c'était d'être.

La *véritable perfection de l'homme consiste
non dans ce qu'il a, mais dans ce qu'il est.*

La propriété privée a écrasé le vrai individualisme et fait surgir un individualisme
illusoire. Elle a interdit à une partie de la
population l'accès de l'individualisme par
la barrière de la faim. Elle a interdit cet accès
au reste de la population, en lui faisant suivre
une mauvaise route et la surchargeant inuti-
lement.

Et, en effet, la personnalité de l'homme s'est
si complètement fondue en ses possessions,

15.

que la loi anglaise a traité les attaques contre
les propriétés individuelles bien plus sévère-
ment que les attaques contre les personnes,
et que la propriété est restée la condition des
droits civiques.

L'activité nécessaire pour gagner de l'argent
est aussi des plus démoralisantes.

Dans un pays comme le nôtre, où la propriété confère des avantages immenses, position sociale, honneurs, respect, titres, et autres agréments de même sorte, l'homme,
ambitieux par nature, se donne pour but l'accumulation de cette propriété. Il s'acharne,
s'exténue à cet ennuyeux labeur d'accumuler,
longtemps après qu'il a acquis bien au delà
de ce qui lui est nécessaire, de ce dont il peut
faire quelque usage, tirer quelque plaisir, bien
au delà même de ce qu'il croit avoir. Un
homme se surmènera jusqu'à en mourir pour
s'assurer la possession, et vraiment quand on
considère les avantages énormes que donne
la propriété, on ne s'en étonne guère.

On regrette que la société soit construite
sur une base telle que l'homme ait été engagé

par force dans une rainure, et mis ainsi dans l'impossibilité de développer librement ce qui, en lui, est merveilleux, fascinant, exquis, — mis par là même hors d'état de sentir le vrai plaisir, la joie de vivre.

En outre, dans les conditions actuelles, l'homme jouit de très peu de sécurité.

Un négociant qui possède une fortune énorme, peut être, et il est en effet, à chaque instant de sa vie, à la merci de choses sur lesquelles il n'a aucune influence. Que la direction du vent se déplace de quelques points, que le temps change brusquement, qu'il se produise un incident trivial, que son vaisseau coule, que ses spéculations tournent mal, et il se trouvera dans le rang des pauvres: sa situation sociale disparaîtra complètement.

Or, il faudrait qu'un homme ne souffre que du mal qu'il se fait à lui-même. Il faudrait qu'il soit impossible de voler un homme. Ce que l'on possède réellement, on l'a en soi. Il faudrait que ce qui est en dehors d'un homme soit entièrement dépourvu d'importance.

Abolissons la propriété privée, et nous aurons alors le vrai, le beau, le salutaire individualisme.

Personne ne gâchera sa vie à accumuler des choses, et des symboles de choses.

On vivra.

Vivre, c'est ce qu'il y a de plus rare au monde. La plupart des hommes existent, voilà tout.

On peut se demander si nous avons jamais vu la complète expression d'une personnalité, si ce n'est sur le plan où évolue l'imagination de l'artiste.

Dans l'action, nous ne l'avons jamais vu.

César, dit Mommsen, était l'homme complet, parfait. Mais au milieu de quelle tragique insécurité ne vivait-il pas?

Partout où l'homme exerce l'autorité, il en est un qui résiste à l'autorité.

César était très parfait, mais sa perfection voyageait sur une route trop dangereuse.

Marc-Aurèle était l'homme parfait, dit Renan. Oui, le grand empereur était un homme parfait, mais quel intolérable fardeau de charges infinies on lui imposait! Il chance-

lait sous le poids de l'empire. Il avait conscience de l'impossibilité où un seul homme
se trouvait de porter le faix de ce monde titanique, trop vaste.

L'homme que j'appelle parfait, c'est l'homme
qui se développe au milieu de conditions
parfaites, l'homme qui n'est point blessé,
tracassé, mutilé, ou en danger.

*La plupart des personnalités ont été con-
traintes à la rébellion. La moitié de leur
force s'est usée en frottement.*

La personnalité de Byron, par exemple, a
été terriblement gaspillée dans sa bataille
avec la stupidité, l'hypocrisie, le philistinisme
des Anglais. De telles batailles n'ont pas
toujours pour résultat d'accroître les forces.
Byron ne fut jamais en état de donner ce
qu'il eût pu donner.

Shelley s'en tira mieux. Comme Byron, il
avait quitté l'Angleterre dès que la chose
avait été possible. Mais il n'était pas aussi
connu. Si les Anglais s'étaient tant soit peu
douté de sa valeur, de sa supériorité réelle
comme poète, ils seraient tombés sur lui à

coups de dents, à coups de griffes, et ils auraient fait l'impossible pour lui rendre la vie insupportable. Mais il ne faisait pas assez grande figure dans le monde, aussi fut-il relativement tranquille. Néanmoins, même en Shelley, la marque de la rébellion est parfois très forte. Le trait caractéristique de la personnalité parfaite, n'est pas la rébellion, mais la paix.

Ce sera une chose bien merveilleuse, que la vraie personnalité humaine, quand nous la verrons. Elle croîtra naturellement et simplement, comme la fleur, comme l'arbre poussent. Elle ne sera jamais en état discordant. Elle n'argumentera pas, ne disputera pas. Elle ne fera pas de démonstrations. Elle saura toutes choses. Et, néanmoins, elle ne s'acharnera point après la connaissance. Elle possédera la sagesse. Sa valeur n'aura point pour mesures des choses matérielles. Elle ne possédera rien, et néanmoins elle possédera tout, et quoi qu'on lui prenne, elle continuera à le posséder, tant elle sera riche. Elle ne sera pas sans cesse occupée à se mêler des

affaires d'autrui ou à vouloir que les autres
lui soient semblables. Elle aimera les autres,
à raison même de leur différence. Néanmoins,
tout en se refusant à intervenir chez les autres, elle les aidera tous, comme nous est se-
courable une belle chose, simplement parce
qu'elle est telle.

La personnalité de l'homme sera une vraie
merveille. Elle sera aussi merveilleuse que la
personnalité de l'enfant.

A son développement concourra le Christianisme, si les hommes le désirent ; mais si
les hommes ne le désirent pas, elle ne se développera pas avec moins de sûreté. Car elle
ne se souciera guère du passé. Il ne lui impor-
tera guère que des choses aient eu lieu ou
non. De plus, elle n'admettra pas d'autres lois
que celles qu'elle se sera faites, pas d'autre
autorité que la sienne à elle. Néanmoins, elle
aimera ceux qui cherchèrent à la rendre plus
intense, elle parlera souvent d'eux. Et le
Christ fût l'un d'eux.

« Connais-toi toi-même », lisait-on sur un
portique dans le monde ancien. Sur le porti-

que du monde nouveau on lira : « Sois toi-même ». Et le message que le Christ apportait à l'homme se réduisait à ceci : « Sois toi-même ». C'est là le secret du Christ.

Quand Jésus parle de pauvres, il entend simplement par là des personnalités, tout comme sa mention de riches s'applique à des hommes qui n'ont pas développé leurs personnalités.

Jésus se mouvait au milieu d'un peuple qui admettait l'accumulation de la propriété tout comme on l'admet parmi nous. L'Evangile qu'il prêchait ne tendait point à faire regarder comme avantageux à l'homme un genre de vie où l'on se nourrirait chichement d'aliments malsains, où l'on se vêtirait de haillons malsains, où l'on coucherait dans des chambres horribles et malsaines. Il ne trouvait point désavantageux pour l'homme de vivre dans des conditions salubres, agréables et décentes.

Une telle manière de voir eût été faussé en ce pays, en ce temps-là et le serait bien davantage de nos jours et en Angleterre, car plus l'homme remonte vers le nord, plus les nécessités matérielles de la vie prennent une importance vitale ; notre société est infiniment plus compliquée, et recule bien plus loin les extrêmes du luxe et du paupérisme, qu'aucune autre société du monde ancien.

Ce que Jésus voulait dire, c'était ceci :

Il disait à l'homme : « Vous avez une personnalité merveilleuse ; développez-la, soyez-vous-même. Ne vous imaginez pas que la perfection consiste à accumuler ou posséder des choses extérieures. C'est en dedans de vous-même qu'est votre perfection. Dès que vous aurez bien saisi cela, vous n'aurez plus besoin d'être riche. Les richesses ordinaires, on peut les voler à un homme. Les richesses réelles, on ne saurait les prendre. Dans le trésor intérieur de votre âme, il y a une infinité de choses précieuses qu'on ne saurait vous voler. Aussi, efforcez-vous de donner à votre vie une forme telle que les choses du dehors ne puissent vous faire du mal. Essayez aussi de vous défaire de la propriété privée. Celle-ci comporte des préoccupations sordides, une activité sans fin, des maux sans nombre. La propriété privée entrave à chaque pas l'individualisme. »

Il faut le remarquer, Jésus n'a jamais dit que les gens appauvris sont nécessairement des gens honnêtes, ni que les gens aisés sont forcément mauvais.

Cela n'aurait pas été vrai.

En tant que classe, les gens aisés valent mieux que les gens appauvris. Ils sont plus moraux, plus intellectuels. Ils ont plus de tenue.

Il y a dans une nation, une seule classe qui pense plus à l'argent que les riches, et ce sont les pauvres.

Les pauvres ne peuvent penser à autre chose. C'est en cela que consiste la malédiction de la pauvreté.

Ce que dit Jésus, c'est que l'homme arrive à la perfection non point par ce qu'il a, ni même par ce qu'il fait, mais uniquement par ce qu'il est.

Et ainsi le jeune homme riche, qui vient à Jésus, est représenté comme un citoyen pro-

fondément honnête, qui n'a enfreint aucune
des lois de son pays, aucun des commande-
ments de sa religion. Il est tout à fait *respec-*
table, dans le sens qu'on donne d'ordinaire à
ce mot extraordinaire.

Jésus lui dit :

— Vous devriez renoncer à votre propriété
personnelle. Cela vous empêche de réaliser
votre perfection ; c'est un poids mort que
vous traînez ; c'est un fardeau. Votre personnalité n'en a pas besoin. C'est en votre intérieur, et non en dehors de vous, que vous
trouverez ce que vous êtes réellement, et ce
qui vous est réellement nécessaire.

A ses amis, il tient le même langage.

Il leur dit d'être eux-mêmes, et de ne pas
se tracasser incessamment au sujet de choses
qui leur sont étrangères. Et qu'importent les
autres choses?

L'homme forme un tout complet.

Quand ils se mêleront au monde, le monde
entrera en conflit avec eux. Cela est inévitable. Le monde hait l'individualisme. Mais
qu'ils ne s'en troublent point.

Ils doivent être calmes, concentrés sur eux-mêmes.

Si quelqu'un leur prend leur manteau, qu'ils lui donnent leur habit, rien que pour montrer que les choses matérielles n'ont pas d'importance. Si les gens les injurient, qu'ils s'abstiennent de riposter. Qu'est-ce que cela signifie? Ce qu'on dit d'un homme ne change rien en cet homme. Il est ce qu'il est. L'opinion publique n'a pas la moindre valeur.

Même quand on use de violence, ils ne doivent pas y opposer la violence. Ce serait s'abaisser au même niveau.

Après tout, jusque dans une prison, un homme peut être tout à fait libre. Son âme peut être libre. Sa personnalité peut échapper à toute agitation.

Et qu'ils s'abstiennent, par dessus toutes choses, de vouloir agir sur les autres, de porter sur eux un jugement quelconque. La personnalité est chose très mystérieuse. On ne peut pas toujours apprécier un homme d'après ses actes. Il se peut qu'il observe la loi, et soit néanmoins un être indigne. Il se peut qu'il enfreigne la loi, et soit néanmoins honorable. Il se peut qu'il soit mauvais, sans jamais rien faire de mal. Il peut commettre une faute envers la société et néanmoins réaliser par cette faute sa véritable perfection.

Un jour une femme fut prise en flagrant délit d'adultère. Nous ne connaissons pas l'histoire de son amour, mais cet amour doit avoir été bien grand, car Jésus lui dit que ses péchés lui étaient pardonnés, et non point parce qu'elle se repentait, mais parce que son amour était si intense, si admirable [1].

Plus tard, un peu avant sa mort, comme il était assis à un repas de fête, la femme entra et vint lui répandre sur la chevelure des parfums de grand prix. Les amis de Jésus voulurent s'y opposer. Ils dirent que c'était là de l'extravagance, et que le prix de ces parfums aurait dû être employé à secourir charitablement des gens dans le besoin ou à quelque autre usage analogue. Jésus n'a-

---

1. Dans l'*Evangile*, ce n'est pas l'amour adultère qui est intense et admirable, c'est l'amour de la pécheresse pour Jésus. (*Note du traducteur.*)

gréa point cette manière de voir. Il fit remarquer que les besoins matériels de l'homme sont nombreux et très constants, mais que les besoins spirituels de l'homme sont plus grands encore, que, dans un moment divin, une personnalité peut se rendre parfaite, en choisissant elle-même son mode d'expression. Et aujourd'hui encore le monde honore cette femme comme une sainte.

Oui, il y a dans l'individualisme des choses suggestives.

Par exemple le socialisme anéantit la vie de famille.

Quand disparaîtra la propriété privée, le mariage, sous sa forme actuelle, devra disparaître.

Cela fait partie du programme.

L'individualisme y adhère et ennoblit cette thèse. A la contrainte légale, qui est abolie, il substitue une forme libre qui favorisera le développement total de la personnalité, rendra plus admirable l'amour de l'homme et de la femme, embellira cet amour, l'ennoblira.

Jésus savait cela. Il se refusa aux exigen-

ces familiales, bien que, dans son temps et
dans son pays, elles eussent une forme très
précise.

— Où est ma mère? où sont mes frères?
dit-il quand on l'informa qu'ils demandaient
à lui parler.

Lorsqu'un de ses disciples lui demanda la
permission de s'en aller pour donner la sé-
pulture à son père, il lui fit cette réponse
terrible :

— Laissez les morts ensevelir les morts.

Il n'admettait aucune exigence qui pût en-
tamer la personnalité.

Ainsi donc, l'homme qui voudrait imiter
l'existence du Christ, c'est l'homme qui veut
être parfaitement, exclusivement lui-même.
Ce peut être un grand poète, un grand savant, un jeune étudiant de l'Université ; ce
peut être un pâtre qui garde les moutons sur
la lande ; ou bien un faiseur de drames,
comme Shakespeare, ou un homme qui sonde
la nature divine, comme Spinosa ; ou bien un
enfant qui joue dans un jardin, ou un pêcheur
qui jette ses filets dans la mer. Il importe

peu qu'il soit ceci, ou cela, du moment qu'il
réalise la perfection de l'âme qui est en lui.

Toute imitation en morale et dans la vie
est mauvaise.

A l'heure actuelle, il y a dans les rues de
Jérusalem un fou qui les parcourt péni-
blement, et porte sur les épaules une croix
de bois. Il est le symbole des existences que
déforme l'imitation.

Le Père Damien agissait comme le Christ,
quand il partit pour aller vivre avec les lépreux, parce qu'en assumant cette tâche, il
réalisait entièrement ce qui était le meilleur
en lui, mais il n'était pas plus semblable au
Christ que Richard Wagner, exprimant son
âme par la musique; que Shelley, exprimant
son âme par les vers. Il n'y a pas qu'un type
pour l'homme.

Le nombre des perfections égale le nombre
des hommes imparfaits. Et si un homme
peut céder aux exigences de la charité tout
en restant libre, les exigences de l'uniformité
ne sauraient se réaliser qu'à la condition
d'anéantir toute liberté.

L'individualisme est donc le but que nous atteindrons en passant par le Socialisme. Une conséquence naturelle, c'est que l'État doit renoncer à toute idée de gouvernement. Il doit y renoncer parce que, s'il est possible de concevoir l'homme laissé à lui-même, il n'est pas possible de concevoir un gouvernement pour l'espèce humaine, ainsi que l'a dit un sage avant le Christ.

Tous les systèmes de gouvernement sont des avortements.

Le despotisme est injuste envers tous, envers le despote lui-même, qui probablement était destiné à faire mieux que cela.

Les oligarchies sont injustes envers la majorité, et les ochlocraties le sont envers la minorité.

On avait jadis fondé de grandes espérances sur la démocratie, mais le mot de démocratie signifie simplement que le peuple régit le peuple à coups de triques dans l'intérêt du peuple.

On a fait cette découverte.

Je dois dire qu'il était grand temps, car

16

toute autorité est profondément dégradante.
Elle dégrade ceux qui l'exercent. Elle dégrade
ceux qui en subissent l'exercice.

Lorsqu'on en use violemment, brutalement,
cruellement, cela produit un bon effet, en
créant, et toujours en faisant éclater l'esprit
de révolte, d'invidualisme qui la tuera.

Lorsqu'on la manie avec une certaine douceur, qu'on y ajoute l'emploi de primes et de
récompenses, elle est terriblement démoralisante. Dans ce cas, les gens s'aperçoivent
moins de l'horrible pression qu'on exerce
sur eux, et ils vont jusqu'au bout de leur
vie dans une sorte de bien-être grossier, pareils à des animaux qu'on choie ; jamais ils
ne se rendent compte qu'ils pensent probablement la pensée d'autrui, qu'ils vivent selon l'idéal conçu par d'autres, qu'en définitive,
ils portent ce qu'on peut appeler des vêtements
d'occasion, que jamais, pas une minute, ils
ne sont eux-mêmes.

« Quiconque veut être libre, dit un fin
penseur, doit se soustraire à l'uniformité. »
Et l'autorité, en encourageant par des appâts

le peuple à l'uniformité, produit parmi nous
un clan de grossiers barbares abondamment
gavés.

Avec l'autorité, disparaîtront les châtiments.

On aura alors gagné beaucoup; on aura
fait en réalité, un gain inestimable.

Quand on lit l'histoire, non pas celle des
éditions émondées qui s'écrivent pour les
écoliers et les cancres d'Université, mais les
documents originaux de chaque époque, on
est absolument écœuré, non point par les
crimes commis par les gredins, mais par les
châtiments qu'ont infligés les honnêtes gens.

*Un peuple est infiniment plus abruti par
l'emploi habituel des punitions que par les
crimes qui s'y commettent de temps à autre.*

La conséquence qui saute aux yeux, c'est
que plus il s'inflige de châtiments, plus il se
commet de crimes.

La plupart des législateurs modernes l'ont
très bien remarqué, et se sont imposé la tâche
de réduire les peines dans la mesure qu'ils
croient possible. Et partout où cette réduction

a été réelle, elle a toujours produit d'excellents résultats.

Moins il y a de peines, moins il y a de crimes.

Quand on aura totalement supprimé les châtiments, ou bien il n'y aura plus de cri-mes, ou bien s'il s'en produit, leurs auteurs seront soignés par les médecins pour une forme de folie très fâcheuse, qui doit être traitée par l'attention et la bonté.

En effet, ceux que de nos jours on qualifie de criminels ne le sont aucunement.

Ce qui engendre le crime moderne, c'est la misère et non la méchanceté.

On a, il est vrai, le droit de regarder nos criminels, en tant que classe, comme des gens absolument dépourvus de tout ce qui pourrait intéresser un psychologue. Ce ne sont point des merveilleux Macbeth, des Vautrin bien terribles. Ils sont tout bonne-ment ce que seraient des hommes ordinaires, respectables, terre à terre, s'ils n'avaient pas de quoi manger.

La propriété privée étant abolie, il ne

sera plus nécessaire de commettre des crimes. Le besoin ne s'en fera plus sentir; il ne s'en commettra plus.

Il est vrai, sans doute, que tous les crimes ne sont pas commis contre la propriété, bien que la loi anglaise, attachant plus d'importance à ce qu'un homme possède qu'à ce qu'il est, réserve ses châtiments les plus sévères, les plus horribles à ce genre de crimes, l'assassinat mis à part, et bien qu'elle regarde la mort comme pire que la servitude pénale, sur quoi, je crois, les opinions de nos criminels sont partagées. Mais il peut arriver qu'un crime, sans être commis contre la propriété, ait pour cause la misère, la rage, l'abattement produit par les défauts de notre système de propriété; dès lors il ne s'en commettra plus, après l'abolition de ce système.

Lorsque chaque membre de la Société a tout ce qui est nécessaire à ses besoins, et que son prochain le laisse tranquille, il n'a lui-même aucun motif de se mêler des affaires d'autrui.

La jalousie, source extraordinairement fé-

16.

conde de crimes en notre temps, est une émotion qui se rattache de fort près à nos conceptions de propriété, et qui s'effacera bientôt sous le régime du socialisme et de l'individualisme.

Il est assez remarquable que la jalousie soit inconnue dans les tribus communistes.

Maintenant l'Etat, n'ayant plus à gouverner, on peut se demander ce que l'Etat fera.

L'Etat deviendra une association volontaire qui organisera le travail, qui fabriquera et distribuera les objets nécessaires.

L'Etat a pour objet de faire ce qui est utile.

Le rôle de l'individu est de faire ce qui est beau.

Et puisque j'ai prononcé le mot de travail, je ne puis me dispenser de dire qu'on a écrit et dit un nombre infini de sottises, de nos jours, à propos de la dignité du travail manuel. Le travail manuel n'a en soi rien qui soit nécessairement digne, et il est en grande partie absolument dégradant.

L'homme éprouve un dommage à la fois

mental et moral, quand il fait quelque chose
où il ne trouve aucun plaisir. Bien des formes de travail sont de l'activité tout à fait dépourvue d'attrait, et devraient être regardées
comme telles. Balayer pendant huit heures
par jour un passage boueux quand le vent
souffle de l'est, c'est une occupation dégoû-
tante. Faire ce nettoyage avec une dignité intellectuelle, ou morale, ou physique, me paraît impossible. Le faire avec joie, ce serait
terrifiant.

L'affaire de l'homme est autre que de dé-
placer de la boue. Tous les travaux de ce genre
devraient être exécutés par des machines.

Et je suis convaincu qu'on en arrivera là.

Jusqu'à présent, l'homme a été, jusqu'à un
certain point, l'esclave de la machine, et il
y a quelque chose de tragique dans ce fait
que l'homme a souffert de la faim dès le jour
où il a inventé une machine pour le rempla-
cer dans son travail.

Un homme possède une machine qui exécute la besogne de cinq cents hommes.

En conséquence, voilà cinq cents hommes

jetés sur le pavé, n'ayant rien à faire, rien à
manger, et qui se mettent à voler.

Quant au premier, il récolte les produits de
la machine, et il les garde. Il a cinq cents fois
plus de temps qu'il ne devrait en avoir, et
très probablement, beaucoup plus qu'il ne lui
en faut, en réalité, ce qui est bien plus important.

Si la machine appartenait à tout le monde,
chacun en profiterait.

Ce serait là un avantage immense pour la
société.

Tout travail non intellectuel, tout travail
monotone et ennuyeux, tout travail où l'on
manipule des substances dangereuses et qui
comporte des conditions désagréables, doit
être fait par la machine.

C'est la machine qui doit travailler pour
nous dans les mines de houille, qui doit
faire les besognes d'assainissement, faire le
service des chauffeurs à bord des steamers,
balayer les rues, faire les courses quand il
pleut, en un mot, accomplir toutes les besognes ennuyeuses ou pénibles.

Actuellement, la machine fait concurrence à l'homme.

Dans des conditions normales, la machine sera pour l'homme un serviteur.

Il est hors de doute que tel sera un jour le rôle de la machine, de même que les arbres poussent pendant que le gentleman campagnard dort, de même l'Humanité passera son temps à s'amuser, ou à jouir d'un loisir raffiné, — car sa destination est telle, et non le labeur — ou à faire de belles œuvres, ou à lire de belles choses, ou à contempler simplement l'univers avec admiration, avec enchantement — pendant que la machine fera tout le travail nécessaire et désagréable.

Il est certain que la civilisation a besoin d'esclaves.

Sur ce point, les Grecs avaient tout à fait raison. Faute d'esclaves pour faire la besogné laide, horrible, assommante, toute culture, toute contemplation devient impossible. Et quand les savants ne seront plus forcés d'aller dans les vilains quartiers d'East-End, dis-

tribuer du méchant cacao, et des couvertures
plus méchantes encore aux affamés, ils auront
de charmants loisirs pour combiner des choses admirables, merveilleuses, qui feront leur
joie et la joie de tous.

On aura de grandes accumulations de force
pour chaque ville, au besoin pour chaque
maison. Cette force, l'homme la convertira
en chaleur, en lumière, en mouvement, selon
ses besoins.

Est-ce de l'Utopie, cela?

Une carte du monde où l'Utopie ne serait
pas marquée, ne vaudrait pas la peine d'être
regardée, car il y manquerait le pays où l'Humanité atterrit chaque jour.

Et quand l'Humanité y a débarqué, elle
regarde au loin, elle aperçoit une terre plus
belle, et elle remet à la voile.

Progresser, c'est réaliser des Utopies.

J'ai donc dit qu'en organisant le travail
des machines, la société fournira les choses
utiles, pendant que les belles choses seront
faites par l'individu. Non seulement il faut
qu'il en soit ainsi, mais encore il n'y a pas

d'autre moyen pour que nous ayons l'une et l'autre chose:

Un individu qui a pour tâche de fabriquer des objets destinés à l'usage des autres, et qui doit tenir compte de leurs besoins et de leurs désirs, ne saurait s'intéresser à ce qu'il fait, et par conséquent, il ne peut mettre en son œuvre ce qu'il y a de meilleur en lui.

D'un autre côté, quand une société, ou une puissante majorité de cette société, quand un gouvernement de n'importe quelle sorte, attentent de dicter à l'artiste ce qu'il a à faire, l'art se dissipe à l'instant, ou bien il prend une forme stéréotypée, ou bien il dégénère en une sorte de métier, basse et ignoble.

Une œuvre d'art est le résultat unique d'un tempérament unique. Elle doit sa beauté à ce que l'auteur est ce qu'il est. Elle ne doit rien à ce fait que d'autres ont besoin de ce dont ils ont besoin.

Et en réalité, dès que l'artiste tient compte de ce que les autres demandent, dès qu'il s'efforce de satisfaire à cette demande, il

cesse d'être un artiste, devient un artisan
morne ou amusant, un commerçant honnête
ou malhonnête.

Il n'a plus aucun droit au nom d'artiste.

*L'art est le mode d'individualisme le plus
intense que le monde ait connu.* J'irais même
jusqu'à dire que c'est le seul mode d'individualisme que le monde ait connu.

Le crime, qui dans certaines circonstances,
peut paraître la source de l'individualisme,
est obligé de tenir compte d'autres hommes,
et de se mettre en rapport avec eux. Il appartient à la sphère de l'action.

L'artiste, seul, est exempt de la nécessité de
s'occuper de ses voisins. Seul, il peut façon-
ner une belle chose sans intervenir dans quoi
que ce soit d'extérieur, et s'il ne la travaille
pas pour son propre plaisir, il n'est pas du
tout un artiste.

Et il faut noter ceci :

Le fait que l'Art est cette forme intense de
l'individualisme est justement ce qui incite
le public à vouloir lui imposer une autorité

aussi immorale que ridicule, aussi corrup-
trice que méprisable.

Et ce n'est pas tout à fait sa faute.

Le public a toujours, et dans tous les siècles, été mal éduqué. Il demande constam-
ment à l'Art d'être populaire, de flatter son
manque de goût, d'aduler son absurde vanité,
de lui dire ce qui lui a déjà été dit, de lui
montrer ce qu'il devrait être las de voir, de
l'amuser quand il se sent alourdi par un trop
copieux repas, de lui distraire l'esprit quand
il est accablé par sa propre stupidité.

*Or, l'Art ne doit jamais chercher à être po-
pulaire. C'est au public lui-même à tâcher de
se rendre artistique.*

C'est là une différence très profonde.

Dites à un homme de science que les résultats de ses expériences, les conclusions aux-
quelles il est arrivé doivent être de nature à
ne point bouleverser les notions que possède
le public sur le sujet, de nature à ne point dé-
ranger les préjugés populaires, ne point frois-
ser la sensibilité de gens qui n'entendent rien
à la science, — dites à un philosophe qu'il a

17

le droit absolu de porter ses spéculations dans les plus hautes sphères de la pensée, mais qu'il doit arriver aux mêmes conclusions qu'admettent ceux qui n'ont jamais promené leur pensée dans aucune sphère, — certes l'homme de sciences et le savant modernes seraient considérablement amusés.

Et cependant, il n'y a réellement que bien peu d'années, philosophie et science étaient également sujettes à subir le brutal contrôle du public, à subir en fait l'autorité, l'autorité fondée soit sur l'ignorance générale qui régnait dans la société, soit sur la terreur et l'avidité de pouvoir de la classe ecclésiastique ou gouvernementale.

Certes, nous avons repoussé avec un assez grand succès toute tentative faite par la société, par l'Eglise ou par le gouvernement pour pénétrer dans le domaine de l'individualisme qui poursuit la pensée abstraite, mais il reste encore quelques traces de cette tendance à envahir l'individualisme dans l'art de l'imagination.

Même, il en reste plus que des traces;

elle est agressive, offensive, abrutissante.

En Angleterre, les arts qui ont le mieux réussi à s'y soustraire, ce sont les arts auxquels le public ne prend aucun intérêt.

La poésie est un exemple qui me permettra de me faire comprendre.

Si nous avons été en mesure d'avoir en Angleterre de belle poésie, c'est parce que le public n'en lit point, et par conséquent, ne saurait exercer d'influence sur elle.

Le public se plaît à insulter les poètes parce qu'ils sont individuels, mais quand il les a insultés, il les laisse tranquilles.

Quand il s'agit du roman ou du drame, genres auxquels le public s'intéresse, les effets que produit la dictature populaire ont été absolument ridicules. Il n'est pas de pays qui produise des œuvres de fiction aussi méchamment écrites, aussi ennuyeuses, aussi banales, des pièces de théâtre aussi sottes, aussi vulgaires que l'Angleterre.

Et cela est inévitable.

L'idéal populaire est d'une nature telle que nul artiste ne peut y atteindre.

Il est à la fois très aisé et très malaisé
d'être un romancier populaire.

C'est chose trop aisée, parce que les exigences du public, au point de vue de l'intrigue,
du style, de la psychologie, de la façon de décrire la vie, de l'exécution littéraire, sont à la
portée des facultés les plus simples, de l'esprit
le plus dépourvu de culture.

C'est chose trop malaisée, parce que l'artiste
qui voudrait obéir à ces exigences, devrait
faire violence à son tempérament, se verrait
obligé d'écrire non plus pour la joie artistique d'écrire, mais pour l'amusement de gens
à demi éduqués. Il lui faudrait donc renoncer
à son individualisme, oublier sa culture, an-
nihiler son style, abandonner tout ce qui, en
lui, a quelque valeur.

A l'égard du drame, la situation est un peu
meilleure.

Les amateurs de théâtre veulent bien qu'on
leur montre des choses évidentes; mais ils
ne veulent pas de choses ennuyeuses.

La pièce burlesque et la comédie-farce qui
sont les deux formes les plus populaires, ont

un caractère artistique marqué. On peut créer des œuvres charmantes dans les genres du burlesque et de la farce, et l'artiste jouit en Angleterre, d'une très grande liberté, dans les pièces de cette sorte.

C'est quand il s'agit des formes dramatiques plus élevées que se fait sentir l'influence du contrôle populaire. La seule chose que le public ne puisse pas souffrir, c'est la nouveauté.

Tout effort qu'on fait pour élargir le sujet. le domaine de l'art, est extrêmement mal accueilli du public, et pourtant la vitalité et le progrès de l'art dépendent dans une large mesure du développement continuel qu'on donne au domaine des sujets. Le public repousse la nouveauté parce qu'il en a peur. Elle lui apparaît comme un mode d'individualisme, comme une affirmation qu'émet l'artiste d'avoir le droit de choisir son sujet, de le traiter comme il l'entend.

L'attitude du public se justifie parfaitement.

L'art, c'est de l'individualisme, et l'individualisme est une force qui introduit le désordre et la désagrégation. C'est là ce qui fait son

immense valeur. Car ce qu'il cherche à bouleverser, c'est la monotonie du type, l'esclavage de la coutume, la tyrannie de l'habitude,
la réduction de l'homme au niveau d'une
machine.

Dans l'art, le public accepte ce qui a été,
parce qu'il ne peut rien y changer, et non
parce qu'il l'apprécie. Il avale ses classiques
en masse, mais ne les déguste jamais. Il les
endure comme des choses inévitables, et, ne
pouvant les détériorer, il fait sur eux des
phrases.

Chose très étrange, ou pas étrange du tout,
suivant le point de vue de chacun, cette rési-
gnation aux classiques produit des inconvé-
nients assez nombreux.

L'admiration irraisonnée qu'on professe en
Angleterre à l'égard de la Bible et de Shakespeare est un exemple de ce que je veux faire
entendre.

En ce qui concerne la Bible, des considérations d'autorité ecclésiastique viennent com-
pliquer la chose ; donc je n'insisterai pas sur
ce point-là.

Mais en ce qui concerne Shakespeare, il est parfaitement évident que le public ne voit en réalité ni les beautés, ni les défauts de ses pièces. S'il en voyait les beautés, il ne s'opposerait pas au développement du drame ; s'il en voyait les défauts, il ne s'opposerait pas non plus au développement du drame.

La vérité, c'est que le public se sert des classiques d'un pays comme d'un moyen pour tenir en échec les progrès de l'Art.

Il abaisse les classiques au rang d'autorités. Il s'en sert comme d'autant de triques pour empêcher la Beauté de s'exprimer librement en ses formes nouvelles. Il demande sans cesse à l'écrivain pourquoi il n'écrit pas comme tel ou tel autre, à un peintre pourquoi il ne peint pas comme celui-ci ou celui-là. Il perd complètement de vue ce fait que si l'un ou l'autre faisaient quoi que ce soit d'analogue, ils cesseraient d'être des artistes.

Le public a une franche aversion contre une forme nouvelle de la beauté, et toutes les fois qu'il en surgit une, il se met tellement en colère, il s'affole tellement, qu'il en vient tou-

jours à deux assertions stupides, — la première, que l'œuvre d'art est grossièrement
inintelligible, la seconde que cette œuvre est
grossièrement immorale.

Qu'est-ce qu'il entend par là ?

Le voici, à ce que je crois.

Quand il dit qu'une chose est grossièrement
inintelligible, il veut dire que l'artiste a écrit
ou créé une belle chose qui est nouvelle.

Quand il qualifie une œuvre de grossièrement immorale, cela signifie que l'artiste a
dit ou fait une belle chose qui est vraie.

La première phrase se rapporte au style;
la dernière au sujet traité. Mais sans doute
ces mots ont pour lui un sens très vague, il
s'en sert comme une foule en émeute se sert
de pavés tout prêts.

*Il n'y a pas un seul vrai poète, pas un seul
vrai prosateur, en ce siècle par exemple, auquel le public anglais n'ait solennellement con-
féré des diplômes d'immoralité.*

Et chez nous ces diplômes sont l'équivalent
exact de ce qu'est en France l'entrée officielle
par une élection à l'Académie Française; et

par bonheur, ils ont eu pour effet d'empêcher l'établissement d'une institution identique, dont l'Angleterre n'a aucun besoin.

Naturellement le public se montre très téméraire dans l'emploi de ces qualifications.

Qu'on ait qualifié Wordsworth de poète immoral, il fallait s'y attendre. Wordsworth était un poète. Mais que Charles Kingsley ait été appelé un romancier immoral, c'est extraordinaire, la prose de Kingsley n'était pas d'une très belle qualité.

Mais le mot est là, et le public s'en sert du mieux qu'il peut.

Le vrai artiste est un homme qui croit absolument en lui-même, parce qu'il est absolument lui-même. Mais je n'ai pas de peine à concevoir, que si, en Angleterre un artiste produisait une œuvre d'art qui, dès l'instant de son apparition, serait adoptée par le public, par son interprète, c'est-à-dire par la presse, et déclarée par elle œuvre parfaitement intelligible, hautement morale, l'artiste ne tarderait pas à se demander sérieusement, si dans sa création il a été réellement

17.

lui-même, et si par conséquent l'œuvre n'est pas tout à fait indigne de lui, si elle n'est point d'un ordre tout à fait inférieur, si même elle n'est pas dépourvue de toute valeur artistique.

Peut-être ai-je fait tort au public en limitant son langage à des mots tels que « immoral, » « intelligible. » « exotique, » et « malsain ».

Il y a encore un autre mot en usage.

C'est celui de « morbide »; on ne s'en sert pas souvent. Le sens de ce mot est si simple qu'on hésite à l'employer. Mais enfin on l'emploie parfois, et de temps à autre on le rencontre dans les journaux populaires. Certes, il est ridicule d'appliquer un pareil mot à des œuvres d'art. Car qu'est-ce qu'un état morbide, sinon un état d'émotion ou un état de pensée qu'on est incapable d'exprimer.

Le public est fait de gens morbides, parce que le public n'arrive jamais à trouver une expression adéquate pour quoi que ce soit.

L'artiste n'est jamais morbide ; il exprime toutes choses.

Il se tient en dehors de son sujet, et par l'intermédiaire de ce sujet, il produit des effets incomparables et artistiques.

Qualifier un artiste de morbide, parce qu'il a affaire à l'état morbide dans le sujet qu'il traite, c'est aussi sot que de traiter Shakespeare de fou parce qu'il a écrit le *Roi Lear*.

A tout prendre, l'artiste gagne à être attaqué, en Angleterre. Son individualité est intensifiée : il devient plus complètement lui-même. Comme de juste les attaques sont très grossières, très impertinentes et très méprisables. Mais nul artiste ne s'attend à trouver de la grâce dans un esprit vulgaire, du style dans un intellect de provincial.

La vulgarité et la stupidité sont deux faits fort vivants dans l'existence moderne, on le regrette, c'est tout naturel. Mais ils sont là. Ce sont des sujets d'étude comme n'importe quelle autre chose.

Et il n'est que juste de constater, à propos des journalistes modernes, qu'ils s'excusent toujours en particulier, de ce qu'ils ont écrit publiquement contre un homme.

Dans les quelques dernières années, il faut mentionner deux adjectifs nouveaux qui sont venus s'ajouter au vocabulaire si restreint d'injures dont le public dispose à l'égard des artistes.

L'un de ces mots, c'est le terme de « malsain », l'autre, le mot d' « exotique. »

Ce dernier exprime simplement la rage qu'éprouve l'éphémère champignon contre l'immortelle orchidée dans son charme séducteur, dans son exquise élégance. C'est un hommage, mais un hommage de peu de prix.

Quant au mot « malsain », celui-là est susceptible d'analyse ; c'est un mot qui n'est pas dépourvu d'intérêt, et même, il est si intéressant que ceux qui l'emploient ne savent pas ce qu'il signifie.

Qu'est-ce qu'il signifie?

Qu'est-ce qu'une œuvre d'art qui est saine où malsaine?

Tous les termes qu'on applique à une œuvre d'art, à condition de les appliquer rationnellement, se rapportent ou à son style, ou à son sujet, ou à tous deux ensemble.

Au point de vue du style, une œuvre d'art saine est celle où le style rend hommage à la beauté des matériaux qu'il emploie, que ces matériaux soient des mots ou du bronze, des couleurs ou de l'ivoire et utilise cette beauté comme un élément qui doit concourir à l'effet artistique.

Au point de vue du sujet, une œuvre d'art saine est celle où le choix du sujet est déterminé par le tempérament de l'artiste, et en provient directement.

En somme, une œuvre d'art saine est celle qui réunit la perfection et la personnalité. Naturellement il est impossible de séparer, dans une œuvre d'art, la forme et la substance; elles ne font jamais qu'un. Mais si nous voulons nous livrer à l'analyse, si nous écartons un instant l'unité de l'impression esthétique, notre intelligence peut les considérer séparément ainsi.

Une œuvre d'art malsaine, d'autre part, c'est une œuvre dont le style est facile, vieillot, commun, dont le sujet a été choisi à dessein, non point d'après le plaisir que l'artiste éprouverait à le traiter, mais d'après ce qu'il compte en tirer de profit pécuniaire, de la part du public.

En réalité, le roman populaire que le public qualifie de sain, *est toujours une production profondément malsaine, et ce que le public qualifie de roman malsain est toujours une œuvre d'art belle et saine.*

J'ai à peine besoin de dire que je ne veux pas, même un seul instant, me plaindre du mauvais usage que le public et la presse font de ces mots. Je ne sais pas comment ils arriveraient à les employer avec justesse étant dépourvus de toute compréhension de ce qui est l'art.

Je me borne à signaler le mauvais usage ; quant à l'origine du mauvais usage, quant à la signification qui se cache derrière tout cela, l'explication est des plus simples.

Elle se résume dans une conception barbare de l'autorité. Elle vient de la naturelle inaptitude d'une société corrompue par l'autorité à comprendre, à apprécier l'individualisme.

En un mot, elle vient de cet être monstrueux et ignorant qui s'appelle l'opinion
publique, qui se montre si mauvais dans une
bonne intention quand il s'évertue à diriger
l'action; mais qui est infâme dans ses actes
comme dans ses intentions, quand il prétend
contrôler la pensée ou l'art.

Il y aurait même beaucoup plus de choses
à dire en faveur de la force matérielle du public, qu'en faveur de l'opinion publique. Le
premier peut être raffiné ; l'autre doit être
imbécile.

On dit souvent que la force est un argument.
Mais cela dépend de ce qu'on cherche à prouver.

La plupart des problèmes les plus impor-
tants des siècles derniers, comme la durée
du gouvernement personnel en Angleterre,
celle de la féodalité en France, ont été uniquement résolus par l'emploi de la force matérielle.

La violence même d'une révolution peut
donner à la foule une grandeur, une splendeur momentanée.

Ce iut un jour fatal que celui où le public découvrit que. la plume l'emporte en puissance sur le pavé, qu'elle est plus dangereuse dans les attaques, qu'une brique. Le public alors s'enquit du journaliste, le trouva, le développa, fit de lui son domestique actif et bien payé. C'est fort regrettable pour l'un et l'autre.

Derrière la barricade, il peut y avoir bien de la noblesse, bien de l'héroïsme. Mais qu'y a-t-il derrière un article de fonds? Du préjugé, de la stupidité, du cant, du verbiage. La réunion de ces quatre choses constitue une force terrible, et constitue l'autorité nouvelle.

Au temps jadis, on avait le chevalet de torture. Aujourd'hui on a la presse. Assurément c'est un progrès. Mais c'est encore chose mauvaise, nuisible, démoralisante.

Quelqu'un — était-ce Burke, — a dit que la presse est le quatrième Etat. Evidemment c'était vrai alors. Mais à l'heure actuelle, c'est en réalité le seul Etat, il a mangé les trois autres. Les lords temporels ne disent rien, les lords ecclésiastiques n'ont rien à dire. La Chambre des Communes n'a rien à dire, et elle le dit ; nous sommes dominés par le journalisme.

En Amérique, le Président règne quatre ans ; le journalisme règne à perpétuité. Heureusement en Amérique, ce journalisme a poussé l'autorité jusqu'aux dernières limites de la grossièreté et de la brutalité. La conséquence naturelle est qu'il s'est développé un esprit de réaction. Les gens s'en divertissent ou en sont dégoûtés, suivant leur tempérament. Mais il n'est plus, comme jadis, une force réelle. On ne le prend pas au sérieux.

En Angleterre, à part quelques exceptions bien connues, on n'a point permis au journalisme de pousser la brutalité jusqu'à de telles limites, et il est encore un facteur important, une puissance vraiment remarquable. La tyrannie qu'il prétend exercer sur la vie privée des gens me paraît absolument extraordinaire. *Le fait, c'est que le public a une insatiable curiosité de connaître toutes choses, excepté les choses qui valent la peine d'être connues.*

Le journalisme, qui le sait bien, et qui a des habitudes mercantiles, répond à ces demandes.

Dans les siècles passés, le public clouait les journalistes par l'oreille aux pompes publiques. C'était affreux. En ce siècle, les journalistes clouent leurs oreilles à tous les trous de serrure. C'est bien pire.

Et ce qui aggrave le mal, c'est que les journalistes les plus à blâmer ne sont pas les journalistes amusants qui écrivent pour les journaux dits mondains. Le mal est fait par des journalistes sérieux, réfléchis, pondérés, qui traînent solennellement, comme ils le font actuellement, sous les yeux du public, quelque incident de la vie passée d'un grand politicien, invitent le public à discuter l'incident, à exercer son autorité dans l'affaire, à donner ses vues, et non seulement à donner ses vues, mais encore à les mettre en action, à imposer à l'homme ses idées sur divers points, à les imposer à son parti, à les imposer au pays, c'est-à-dire, en définitive à se rendre ridicule, agressif, et malfaisant.

On ne devrait point exposer au public
l'existence privée des hommes ou des femmes. Le public n'y a rien à voir.

En France on s'y prend mieux.

Dans ce pays on interdit la reproduction
par les journaux des détails des procès qui
se débattent devant les tribunaux de divor-
ces, et qui seraient un objet d'amusement
ou de critique pour le public. Tout ce que
celui-ci peut savoir se réduit à ceci, le di-
vorce a été accordé, ou non. Il l'a été au profit
de tel ou telle des intéressés.

En France, vraiment on impose des bornes
au journaliste, mais on laisse à l'artiste une
liberté presque absolue.

Chez nous, au contraire, c'est au journa-
liste que nous accordons la liberté intégrale
tandis que nous limitons étroitement l'artiste.

En d'autres termes, l'opinion publique s'é-
vertue, en Angleterre, à ligotter, gêner, en-
traver l'homme qui fait des choses belles,
qui les exécute ; mais elle force le journaliste
à vendre au détail, des objets de nature laide,
repoussante, révoltante, si bien que chez

nous on trouve les journalistes les plus sérieux et les journaux les plus indécents.

Ce n'est point exagérer que de dire : elle
force.

Il se peut qu'il y ait des journalistes qui
prennent un réel plaisir à publier des choses
horribles, ou qui, étant pauvres, considèrent
le scandale comme une sorte de base solide
pour se faire des rentes. Mais il y a, j'en suis
certain, d'autres journalistes qui sont des
hommes bien élevés, des gens cultivés, qui
éprouvent une réelle répugnance à publier
de telles choses ; ils savent qu'il est mal d'a-
gir ainsi, et ils le font, parce que l'état de
choses malsain au milieu duquel s'exerce
leur profession, les oblige à fournir au public ce que le public demande, à rivaliser
avec d'autres journalistes pour livrer cette
marchandise en quantité, en qualité correspon-
dantes autant que possible, au grossier appé-
tit des masses. Il est très humiliant pour une
classe d'hommes bien élevés, de se trouver
dans une situation pareille, et je suis convaincu que la plupart d'entre eux en souf-
frent cruellement.

Mais laissons de côté cet aspect véritablement honteux du sujet, et revenons à la question de l'influence populaire sur les choses
d'art, je veux dire par là celle où l'on voit
l'opinion publique dictant à l'artiste la forme
qu'il doit employer, le mode qu'il adoptera,
le choix des matériaux qu'il mettra en œuvre.

J'ai fait remarquer que les arts qui sont
restés le plus indemnes en Angleterre sont
les arts auxquels le public ne prenait aucun
intérêt.

Il s'intéresse néanmoins au drame, et
comme en ces dix ou quinze dernières années, il s'est accompli un certain progrès dans
le drame, il est important de rappeler que ce
progrès est dû uniquement à ce que quelques
artistes originaux se sont refusés à prendre
pour guide le défaut de goût du public, se
sont refusés à considérer l'art comme une
simple affaire d'offre et de demande.

Possédant une vive, une merveilleuse personnalité, un style qui contient une véritable puissance de couleur; et avec cela une

extraordinaire faculté non seulement de re-
produire les jeux de physionomie, mais encore d'imaginer, de créer par l'intelligence,
M. Irving, s'il s'était proposé pour but unique
de donner au public ce que celui-ci voulait,
eût pu présenter les pièces les plus banales
de la manière la plus banale, avoir aussi autant de succès, autant d'argent qu'un homme
en peut souhaiter, mais il avait autre chose
en vue. Il voulait réaliser sa propre personnalité en tant qu'artiste, dans des conditions
données, et dans certaines formes de l'art.
Tout d'abord, il fit appel au petit nombre.
Maintenant il a fait l'éducation du grand
nombre. Il a créé dans le public à la fois le
goût et le tempérament.

Le public apprécie immensément son succès artistique. Néanmoins je me suis souvent demandé si le public comprend que ce
succès est entièrement dû au fait qu'Irving a
refusé d'accepter son criterium, et qu'il y a
substitué le sien. Avec le goût du public, le
Lyceum eut été une boutique de second ordre, telle que le sont actuellement la plupart

des théâtres populaires de Londres. Mais qu'on l'ait compris ou non, un fait reste acquis, que le goût et le tempérament ont été jusqu'à un certain point créés dans le public, que le public est capable de produire ces qualités.

Dès lors le problème se pose ainsi : Pourquoi le public ne se civilise-t-il pas davantage ? Il en possède la faculté ; qu'est-ce qui l'arrête ?

Ce qui l'arrête, il faut le redire, c'est son désir d'imposer son autorité à l'artiste et aux œuvres d'art.

Il est des théâtres, comme le Lyceum, comme Haymarket, où le public semble arriver avec des dispositions favorables. Dans ces deux théâtres, il y a eu des artistes originaux, qui ont réussi à créer dans leur auditoire — et chaque théâtre de Londres a son auditoire — le tempérament auquel s'adapte l'Art.

Et qu'est-ce que ce tempérament-là ? C'est un tempérament réceptif. Voilà tout.

Quand on aborde une œuvre d'art avec le désir, si faible qu'il soit, d'exercer une autorité sur elle et sur l'artiste, on l'aborde dans

des dispositions telles qu'on ne saurait en recevoir la moindre impression artistique.

*L'œuvre d'art est faite pour s'imposer au
spectateur ; le spectateur n'a point à s'imposer à l'œuvre d'art.*

Le spectateur doit être un récepteur. Il doit
être le violon sur lequel jouera le maitre.

Et mieux il arrivera à supprimer complètement ses sottes manières de voir, ses sots
préjugés, ses idées absurdes sur ce que l'art
devrait être ou ne peut pas être, plus il est
probable qu'il comprendra, qu'il appréciera
l'œuvre d'art dont il s'agit. Certes, cela est
chose évidente, quand on parle du public
vulgaire anglais, hommes et femmes, qui
fréquente le théâtre. Mais c'est également
vrai en ce qui concerne les personnes d'éducation, comme on dit.

En effet, les idées que possède sur l'Art
une personne d'éducation se tirent forcément
de ce que l'Art a été, tandis que l'œuvre
d'Art nouvelle est belle parce qu'elle est ce que
l'Art n'a jamais été. Lui appliquer le passé
comme mesure, c'est lui appliquer une me-

sure dont la suppression est la condition
même de sa perfection. Un tempérament capable de recevoir par l'intermédiaire de l'i-
magination, et dans des circonstances dépen-
dant de l'imagination, des impressions belles
et nouvelles, voilà le seul tempérament capable d'apprécier une œuvre d'Art.

Et si vrai que cela soit, quand il s'agit
d'apprécier de la sculpture ou de la peinture,
c'est plus vrai encore pour l'appréciation
d'un art tel que le drame. Car un tableau,
une statue ne sont point en guerre avec le
temps. Ils n'ont point à tenir compte de sa
succession. Il suffit d'un moment pour en
apprécier l'unité. Mais pour la littérature,
le cas est différent. Il faut parcourir une
certaine durée, avant que l'unité d'effet soit
perçue.

Aussi dans le drame, le premier acte de la
pièce peut présenter quelques détails dont
la réelle valeur artistique ne saurait apparaî-
tre au spectateur que quand on sera au
troisième ou au quatrième.

L'imbécile a-t-il le droit de se fâcher, de se

18

récrier, de troubler la représentation, de tourmenter les acteurs?

Non.

L'honnête homme attendra en silence, connaîtra les délicieuses émotions de l'étonnement, de la curiosité, dé l'attente. Il n'ira pas au théâtre pour perdre patience, cette chose sans valeur. Il ira au théâtre pour voir se déployer un tempérament artistique. Il ira au théâtre pour se donner un tempérament artistique. Il n'est point l'arbitre d'une œuvre d'art. Il est celui qu'on admet à contempler l'œuvre d'art, et qui, si l'œuvre est belle, devra oublier dans la contemplation de celle-ci, l'égotisme dont il est atteint, l'égotisme de son ignorance, ou l'égotisme de son état arriéré.

Cette caractéristique du drame est, je crois, insuffisamment reconnue.

Je puis m'expliquer fort bien que si *Macbeth* était représenté pour la première fois devant une salle de Londoniens modernes, la plus grande partie d'entre eux protesteraient de toute leur force, de toute leur énergie, contre l'introduction des sorcières au premier acte, avec leurs phrases grotesques, leurs mots ridicules. Mais quand la pièce tire à sa fin, l'on comprend que le rire des sorcières dans *Macbeth* est aussi terrible que le rire de la folie dans *Le Roi Lear*, plus terrible que le rire d'Iago dans la tragédie du Maure.

Aucun spectateur d'art n'a plus besoin d'un plus parfait état de réceptivité que le spectateur d'une pièce. Dès le moment où il prétend exercer de l'autorité, il se fait l'ennemi déclaré de l'Art et de lui-même. L'Art ne s'en soucie guère; c'est l'autre, qui en souffre.

Pour le roman, c'est la même chose.

L'autorité populaire et la soumission à l'autorité populaire sont mortelles.

L'*Esmond* de Thackeray est une belle œuvre d'art, parce qu'il l'a écrite pour son propre plaisir. Dans ses autres romans, dans *Pendennis*, dans *Philippe*, dont la *Foire aux Vanités* même, il regarde un peu trop du côté du public, il gâte son œuvre, en faisant un appel trop direct aux sympathies du public, ou en s'en raillant directement.

*Un véritable artiste ne tient auc.n compte
du public : pour lui le public n'existe pas.*

Il n'a point sur lui de gâteaux à l'opium ou
au miel pour endormir ou gaver le monstre.
Il laisse cela au romancier populaire.

Nous avons actuellement en Angleterre un
romancier incomparable, M. George Meredith.

Il y en a de meilleurs en France, mais la
France n'en possède point qui ait sur la vie
une façon de voir aussi large, aussi variée,
aussi vraie dans son caractère créateur.

Il y a en Russie des conteurs d'histoires
qui ont un sentiment plus vif de ce que peut
être la douleur dans un roman ; mais M.
Meredith, non seulement ses personnages
vivent, mais encore ils vivent dans la pensée.
On peut les considérer d'une myriade de
points de vue. Ils sont suggestifs. Il y a de
l'âme en eux et autour d'eux. Ils sont inter-
prétatifs, symboliques. Et celui qui les a
créées, ces figures merveilleuses, au mouvement si rapide, les a créées pour son propre
plaisir. Jamais il n'a demandé au public ce
que celui-ci désirait. Jamais il ne s'est pré-

occupé de le savoir. Jamais il n'a admis le public à lui dicter, à lui imposer quoi que ce soit. Il n'a fait que marcher en avant, intensifiant sa propre personnalité, produisant une œuvre qui était son œuvre individuelle.

Dans les débuts, personne ne vint à lui.

Cela n'importait point.

Puis vint à lui le petit nombre.

Cela ne le changea pas.

Maintenant le grand nombre est venu à lui. Il est resté le même.

C'est un romancier incomparable.

Dans les arts décoratifs, il n'en est pas autrement.

Le public se cramponnait, avec une ténacité que je pourrais dire touchante, aux traditions laissées par la grande Exposition de vulgarité internationale, traditions si effrayantes que les maisons où les gens habitaient n'eussent dû avoir pour hôtes que des aveugles.

On se mit à faire de belles choses ; de belles couleurs sortirent des mains du teinturier ; de beaux dessins sortirent du cerveau de l'artiste. Il se créa une habitude des belles

18.

choses; on y attacha la valeur et l'importance qu'elles méritaient.

Le public s'indigna pour tout de bon; il perdit patience. Il dit des sottises.

Nul ne s'en soucia. Nul ne s'en trouva plus mal. Nul ne se soumit à l'autorité de l'opinion publique.

Et maintenant on ne peut entrer dans une maison moderne qu'on n'y trouve quelque preuve de docilité au bon goût, quelque preuve du prix qu'on attache au charme du milieu, quelque signe indiquant que la beauté est appréciée. Et réellement, les demeures des gens sont, en règle générale, tout à fait charmantes, de nos jours. Les gens se sont civilisés jusqu'à un très haut degré.

Il n'est toutefois, que trop juste d'ajouter que le succès extraordinaire de la révolution accomplie dans la décoration intérieure, l'ameublement, et le reste, n'a pas dû son origine réelle à un développement du très bon goût dans la majorité du public.

Elle est due principalement à ce fait, que les artisans des choses ont tant apprécié le

plaisir de faire ce qui est beau, ont fait apercevoir si crument la laideur et la vulgarité de
ce que voulait le public, qu'ils ont tout simplement réduit le public à l'inanition.

Il serait tout à fait impossible présentement
de meubler une pièce, comme on meublait
les pièces, il y a peu d'années, à moins d'aller chercher chaque objet, l'un après l'autre,
dans les ventes aux enchères parmi des sol-
des qui proviennent d'hôtels meublés de troisième catégorie. Ces choses-là ne se fabri-
quent plus.

Malgré tout ce qu'on pourra leur dire, les
gens de nos jours ont une chose charmante,
ou une autre, dans ce qui les entoure.

Heureusement pour eux, on n'a tenu aucun
compte de leur prétention à vouloir faire
autorité dans ces choses d'art.

Il est donc évident qu'en de telles matières,
toute autorité est mauvaise.

Les gens se demandent parfois quelle forme
de gouvernement est la plus avantageuse à
l'artiste.

Il n'y a à cette question qu'une réponse :

La forme de gouvernement la plus avan-
tageuse à l'artiste, est l'absence totale de
gouvernement.

Il est ridicule qu'une autorité s'exerce sur
lui et sur son art.

Il a été affirmé que, sous le despotisme,
des artistes ont fait des choses charmantes.

Cela n'est pas tout à fait vrai.

Des artistes ont rendu visite à des despotes,
non point pour se soumettre à leur tyrannie
mais en créateurs de merveilles ambulants,
à titre de personnalités vagabondes et fasci-
nantes, qu'il fallait amuser, charmer, et laisser tranquilles, tout entiers à la liberté de
créer.

Ce qu'on peut dire en faveur du despote,
c'est qu'étant un individu, il peut avoir de la
culture, tandis que la populace, étant un
monstre, n'en a point. L'homme, qui est un
Empereur ou un Roi, peut se baisser pour
ramasser le pinceau d'un peintre, mais quand
la démocratie se baisse, ce n'est jamais que
pour lancer de la boue. Et pourtant la démocratie n'est pas forcée de se baisser aussi bas

que l'Empereur; et même quand elle veut
jeter de la boue, elle n'a pas du tout à se
baisser. Toutefois il n'est aucunement nécessaire de distinguer entre monarque et populace; toute autorité est également mauvaise.

Il y a trois sortes de despotes.

Il y a le despote qui tyrannise les corps;
il y a le despote qui tyrannise les âmes; il
y a le despote qui exerce sa tyrannie sur les
uns et les autres.

On donne au premier le nom de Prince,
au second le nom de Pape, au troisième le
nom de Peuple.

Le prince peut être cultivé: beaucoup de
Princes l'ont été. Cependant le Prince offre
quelque danger. Qu'on se souvienne de
Dante dans l'amertume de la fête de Vérone,
et du Tasse dans un cabanon de fou à Fer-
rare.

Il est préférable pour l'artiste de ne point
vivre avec le Prince.

Le Pape peut être cultivé. Beaucoup de
Papes l'ont été. Les mauvais Papes l'ont été.
Les mauvais Papes aimaient la Beauté. Ils

y mettaient presque autant de passion, ou
plutôt, autant de passion que les bons Papes
en montraient dans leur haine de la Pensée.
L'humanité doit beaucoup à la scélératesse
de la Papauté; là bonté de la Papauté] doit
un compte terrible à l'humanité.

Néanmoins, bien que la Papauté ait gardé
sa rhétorique tonitruante et perdu la baguette
conductrice de sa foudre, il vaut mieux que
l'artiste ne vive point avec les Papes.

C'est un pape qui dit de Cellini en plein
conclave de cardinaux que les lois faites pour
tout le monde, l'autorité faite pour tout le
monde, n'étaient point faites pour des
hommes tels que lui. Mais ce fut un pape
qui jeta Cellini en prison, l'y tint jusqu'à
ce qu'il devint malade de rage, si bien qu'il
finit par se créer à lui-même des visions
imaginaires, qu'il vit le soleil entrer tout
doré dans sa chambre, et en devint si amoureux, qu'il voulut s'échapper, qu'il rampa
de tour en tour, que l'air de l'aube lui donna
le vertige, qu'il tomba, s'estropia, fut couvert
de feuilles de vigne par un vigneron, et trans-

porté dans une charrette auprès d'un homme qui, épris de belles choses, eut soin de lui.

Il y a du danger auprès des Papes.

Quant au peuple, que dire de lui, et de son autorité.

On a peut-être assez parlé de lui et de son autorité. Son autorité est chose aveugle, sourde, hideuse, grotesque, tragique, amusante, sérieuse, et obscène.

Il est impossible à l'artiste de vivre avec le peuple.

Tous les despotes vous achètent. Le peuple vous achète et vous abrutit.

Qui lui a parlé d'exercer une autorité ?

Il a été fait pour vivre, pour écouter, pour aimer.

On lui a causé un grand dommage. Le peuple s'est défiguré par l'imitation de ses inférieurs.

Il a arraché le sceptre au prince. Comment le manierait-il ?

Il a pris au Pape sa triple couronne. Comment porterait-il ce fardeau ?

C'est un clown qui a le cœur brisé. C'est

un prêtre dont l'âme n'est pas née encore.

Que tous les amants de la Beauté le prennent en pitié. Que le peuple, bien qu'il n'aime pas la beauté, s'apitoie sur lui-même. Qui lui a donc appris les ruses de la tyrannie ?

Il y a bien d'autres choses qu'on pourrait signaler.

On pourrait signaler combien la Renaissance fut grande parce qu'elle n'entreprit de résoudre aucun problème social, mais qu'elle laissa l'individu se développer dans sa liberté, dans sa beauté, dans son naturel, et eut aussi de grands artistes originaux, de grands hommes originaux.

On pourrait faire remarquer que Louis XIV par la création de l'Etat moderne, détruisit l'individualisme de l'artiste, fit des choses monstrueuses dans leur monotone répétition, méprisables dans leur asservissement à la règle, et fit disparaître dans toute la France ces belles libertés d'expression qui avaient donné à la tradition le charme de la nouveauté, et créé des modes nouveaux, avec des formes antiques.

Mais le passé n'est d'aucune importance;
le présent n'est d'aucune importance. C'est
avec l'avenir que nous devons compter. Car
le passé, c'est ce qu'un homme n'aurait point
dû avoir été; le présent, c'est ce que l'homme
ne devrait point être. L'avenir, c'est ce que
sont les artistes.

On ne manquera pas de dire qu'un plan
tel que celui-ci est absolument impraticable
et qu'il est en opposition avec la nature humaine.

Cela est parfaitement vrai.

Il est impraticable, et il tend à l'opposé
de la nature humaine. C'est pourquoi il vaut
la peine d'être mis à exécution, et c'est pourquoi on le propose. Car qu'est-ce qu'un plan
praticable?

*Un plan praticable, c'est un plan qui existe
déjà ou qui peut être mis à exécution dans
des conditions qui existent déjà.*

Or, c'est précisément à ces conditions déjà
existantes que nous en voulons, et tout plan
qui comporterait ces conditions est vicieux,
est absurde.

19

Qu'on le débarrasse des conditions, et la nature humaine changera.

Tout ce qu'on sait de vraiment certain sur la nature humaine, c'est qu'elle change. Le changement est le seul attribut que nous puissions lui attacher.

Les systèmes qui échouent, ce sont les systèmes fondés sur l'immutabilité de la nature humaine, et non sur sa croissance et son développement.

L'erreur de Louis XIV consistait à croire que la nature humaine serait toujours la même. La conséquence de son erreur a été la Révolution française.

Ce résultat était admirable. Rien de plus admirable que les résultats produits par les méprises des gouvernements.

Il est à remarquer, en outre, que l'individualisme ne se présente pas à l'homme avec de geignantes tirades sur le devoir, qui consiste tout simplement en ceci qu'on fait ce que veulent les autres, parce qu'ils ont besoin qu'on le fasse. Il dispense également de tout cet affreux jargon de sacrifice de soi qui n'est

en somme qu'un legs des temps de sauva-
gerie où l'on se mutilait.

*En réalité, il se présente à l'homme sans
faire valoir aucune légende sur lui. Il sort
naturellement, inévitablement de l'homme.*

C'est le point vers lequel tend tout développement.

C'est l'état hétérogène auquel aboutit la
croissance de tout organisme. C'est la perfection inhérente à tout mode de vie, et vers laquelle tout mode de vie tend d'une vitesse
accélérée.

Aussi l'individualisme n'exerce-t-il aucune
contrainte sur l'homme. Loin de là, il dit à
l'homme qu'il ne doit se laisser imposer aucune contrainte. Il ne s'évertue pas à forcer les
gens d'être bons. Il fait que les hommes sont
bons quand on leur laisse la paix.

L'homme tirera l'individualisme de lui-
même. C'est ainsi que l'homme développe
actuellement l'individualisme. Quand on demande si l'individualisme est praticable, c'est
comme quand on demande si l'évolution est
praticable.

*L'évolution est la loi de la vie, et il ne s'ac-
complit d'évolution que dans le sens de l'individualisme.*

Lorsque cette tendance ne se manifeste
pas, c'est qu'on a affaire à un cas d'arrêt ar-
tificiel de développement, à un cas de maladie, à un cas mortel.

L'individualisme sera aussi dépourvu d'é-
goïsme et d'affection.

On a déjà fait remarquer que l'un des résultats de l'extraordinaire tyrannie qu'exerce
l'autorité consiste en ce que les mots sont
violemment détournés de leur sens propre
et simple, et employés de façon à exprimer
le contraire de leur signification naturelle.

Ce qui est vrai pour l'art est vrai pour la
vie.

De nos jours, on dit qu'un homme est affecté,
quand il s'habille comme il lui plaît, mais
c'est justement en agissant ainsi qu'il se
montre dans tout son naturel. Sur ces points
là, l'affectation consiste à s'habiller conformément à la manière de voir des autres, manière de voir qui a bien des chances d'être

tout à fait stupide, étant celle de la majorité.

On dira encore d'un homme qu'il est égoïste, parce qu'il vit à la façon qui lui paraît la plus favorable au développement complet de sa personnalité, lorsqu'il donne pour but essentiel à sa vie ce développement. Mais c'est de cette façon-là que tout le monde devrait vivre.

L'égoïsme ne consiste point à vivre comme on le veut, mais à demander que les autres conforment leur genre de vie à celui qu'on veut suivre.

Le défaut d'égoïsme consiste à laisser les autres vivre à leur gré, sans se mêler de leur existence.

L'homme sans égoïsme sera enchanté de voir autour de lui une infinie variété de types. Il s'en accommode. Il ne demande pas mieux. Il y prend plaisir.

Un homme qui ne pense point à soi, ne pense point du tout.

C'est faire preuve d'un grossier égoïsme, d'exiger de votre voisin qu'il pense comme vous, qu'il ait les mêmes opinions. Pourquoi

le ferait-il? S'il pense, il est très probable
qu'il pensera autrement que vous. S'il ne
pense point, c'est monstrueux d'exiger de
lui une pensée quelconque.

Une rose rouge n'est point égoïste parce
qu'elle veut être une rose rouge. Elle serait
d'un égoïsme horrible, si elle prétendait que
toutes les autres fleurs du jardin fussent des
roses, et de couleur rouge.

Sous l'individualisme, les gens seront parfaitement naturels, absolument dépourvus
d'égoïsme. Ils connaîtront le sens des mots,
et ils l'exprimeront dans la liberté et la beauté
de leurs existences.

Les hommes ne seront pas non plus égo-
tistes comme de nos jours, car l'égotiste est
celui qui prétend avoir des droits sur les autres, l'individualisme ne désirera rien de tel,
il n'y saurait trouver aucun plaisir.

Quand l'homme aura compris l'individualisme, il comprendra également la sympathie et l'exercera librement, spontanément.

Jusqu'à présent, l'homme n'a guère cultivé
la sympathie. Il n'a de sympathie que pour

la douleur, et la sympathie pour la douleur n'est pas la forme la plus élevée de sympathie.

Toute sympathie est un raffinement, mais la sympathie avec la souffrance est le moindre des raffinements.

Elle est troublée d'égotisme. Elle est apte à devenir maladive. Il y entre une certaine dose de terreur au sujet de notre propre sécurité. Nous nous laissons aller à la crainte de devenir pareils au lépreux ou à l'aveugle, et d'être privés de tous soins.

En outre, elle nous rétrécit d'une façon curieuse. On devrait avoir de la sympathie pour la vie dans sa totalité, et non pas seulement pour les fléaux et les maladies de la vie. On devrait en avoir pour la joie, la beauté, l'énergie, la santé, la liberté de la vie.

Naturellement à mesure qu'elle s'élargit, la sympathie devient plus difficile. Elle demande qu'on soit encore moins égoïste.

Chacun peut sympathiser avec les souffrances d'un ami, mais il faut être d'une nature bien pure, en somme d'une nature vraiment individualiste, pour sympathiser avec la fortune d'un ami. Dans la cohue et la lutte entre concurrents pour les places, une telle sympathie est évidemment rare, et en même temps très comprimée par l'idée immorale de l'uniformité typique, de la soumission à la règle, choses si universellement prédominantes, et qui en Angleterre ont acquis le plus d'influence nuisible.

De la sympathie pour la douleur, il est certain qu'il y en aura toujours. C'est là un des premiers instincts de l'homme. Les animaux qui ont de l'individualité, je veux dire les animaux supérieurs, ont ce trait commun avec nous. Mais il est bon de se rappeler que si la sympathie avec la joie augmente la somme de joie qui existe dans le monde, la sympathie avec la douleur ne saurait diminuer la somme de la douleur.

Elle rend l'homme plus capable d'endurer le mal, mais le mal persiste. La sympathie avec la consomption, ne guérit pas la consomption, mais la science la guérit.

Et quand le socialisme aura résolu le problème de la pauvreté, que la science aura résolu le problème de la maladie, le domaine des sentimentalistes se rétrécira, et la sympathie de l'homme sera large, saine, spontanée.

On aura de la joie à contempler la vie joyeuse des autres.

Car c'est grâce à la joie que l'individualisme de l'avenir se développera.

Le Christ n'a fait aucune tentative pour reconstruire la société. En conséquence l'individualisme qu'il prêchait à l'homme ne pouvait être réalisé qu'en passant par la douleur ou dans la solitude.

Les idéals, que nous devons au Christ, sont ceux de l'homme qui abandonne entièrement la société, ou de l'homme qui se refuse absolument à la société.

Mais l'homme est sociable par nature. La Thébaïde elle-même finit par se peupler et bien que le cénobite réalise sa personnalité, celle qu'il réalise ainsi est souvent une personnalité appauvrie.

D'autre part, cette vérité terrible, que la

19.

douleur est un mode par lequel l'homme peut se réaliser, a exercé sur le monde une exaordinaire fascination.

Des parleurs superficiels, des penseurs superficiels, dans les chaires et à la tribune, déclament sur l'amour du monde pour le plaisir, et geignent contre ce fait. Mais il est rare de trouver dans l'histoire du monde qu'il se soit donné pour idéal la joie et la beauté.

Le culte, qui a le plus dominé le monde, c'est celui de la souffrance.

Le moyen-âge avec ses saints et ses martyrs, son amour de la souffrance cherchée, sa furieuse passion de se faire des blessures, de s'entailler avec des couteaux, de se déchirer à coups de verges, le moyen-âge, c'est le vrai christianisme, et le Christ médiéval, c'est le Christ véritable.

Quand l'aube de la [Renaissance parut sur le monde, et qu'elle lui offrit les idéals]nouveaux de la beauté dans la vie, et de la joie de vivre, les hommes cessèrent de comprendre le Christ.

L'art lui-même nous le montre.

Les peintres de la Renaissance nous représentent le Christ comme un enfant qui joue avec un autre enfant dans un palais ou un jardin, ou se renversant dans les bras de sa mère pour lui sourire, pour sourire à une fleur, à un brillant oiseau, ou bien encore comme une noble et imposante figure qui parcourt majestueusement le monde, ou comme un personnage surnaturel, qui dans une sorte de cage, surgit de la mort dans la vie.

Même quand ils le peignent crucifié, ils le représentent comme un dieu de beauté auquel de méchants hommes ont infligé la souffrance.

Mais il ne les absorbait pas beaucoup.

Ce qu'ils représentaient avec plaisir, c'étaient les hommes et les femmes qu'ils admiraient. Ils se plaisaient à montrer tout le charme de ce globe enchanteur.

Ils firent beaucoup de tableaux religieux; et même ils en firent beaucoup trop. Là monotonie du type et du sujet est chose fatigante; elle nuisit à l'art. Elle était imputable à l'autorité que le public exerçait dans les choses

d'art, et on doit la déplorer. Mais ils ne mettaient point leur âme dans le sujet.

Raphaël fut un grand artiste quand il fit le
portrait du pape. Lorsqu'il peignait ses Ma-
dones et ses Christs enfants, il n'était plus
du tout un grand artiste.

Le Christ n'avait rien à dire à la Renaissance.

Elle était merveilleuse parce qu'elle apportait un idéal différent du sien.

Aussi devons-nous recourir à l'art médiéval pour trouver la représentation du véritable
Christ.

Il y figure comme un homme mutilé, abîmé
de coups, un homme sur lequel les regards
n'ont point de plaisir à se porter, parce que la
beauté est une joie, un homme qui n'est point
vêtu richement, parce que c'est là aussi une
joie. C'est un mendiant qui a une âme admirable. C'est un lépreux dont l'âme est divine.
Il ne lui faut ni propriété ni santé. C'est un
dieu qui atteint à la perfection! par la souffrance.

L'évolution de l'homme est lente. L'injus-

tice des hommes est grande. Il était nécessaire
que la douleur fût mise au premier rang
comme mode de réalisation de soi-même.

De nos jours encore, la mission du Christ
est nécessaire.

Personne, dans la Russie Moderne, n'eût
pu réaliser sa perfection autrement que par
la souffrance. Un petit nombre d'artistes rus-
ses se sont individualisés dans l'Art, dans
une fiction qui est médiévale par le caractère,
parce que la note qui y domine, est le développement des hommes grâce à la souffrance.
Mais pour ceux qui ne sont pas des artistes
et pour lesquels il n'y a pas d'autre genre de
vie que celui de la réalité, la douleur est la
seule porte qui s'ouvre vers la perfection.

Un Russe, qui se trouve heureux sous le
système actuel de gouvernement qui règne
en Russie, doit croire ou bien que l'homme
n'a pas d'âme, ou bien que s'il en a une, elle
ne vaut pas la peine d'évoluer.

Un nihiliste, qui rejette toute autorité,
parce qu'il sait que toute autorité est mauvaise, et qui fait bon accueil à la souffrance,

parce que grâce à elle, il réalise sa personnalité, est un véritable chrétien.

Pour lui, l'idéal chrétien est une vérité.

Et pourtant le Christ ne se révolta point
contre les autorités.

Il reconnaissait l'autorité de l'empereur
dans l'Empire Romain, et lui payait tribut. Il
supportait l'autorité spirituelle de l'Eglise
juive, et se refusait à repousser la violence
par la violence.

Comme je l'ai dit plus haut, il n'avait aucun plan pour la reconstruction de la société.

Mais le monde moderne a des plans.

Il compte en finir avec la pauvreté et les
souffrances qu'elle amène. Il espère en finir
avec la douleur, et les maux qu'amène la
douleur. Il s'en rapporte au socialisme et à la
science; il compte sur leurs méthodes.

Le but auquel il tend, c'est un individualisme s'exprimant par la joie. Cet individualisme sera plus large, plus complet, plus at-
trayant que ne l'aura jamais été aucun
individualisme.

La douleur n'est point le but ultime de la

perfection. Ce n'est qu'une chose provisoire, une protestation. Elle ne vise que des milieux mauvais, insalubres, injustes,

Quand le mal, la maladie, l'injustice auront été écartés, elle cessera d'avoir une place. Elle aura accompli sa tâche.

Ce fut une tâche considérable. Mais elle est presque entièrement achevée, et sa sphère diminue de jour en jour.

Et l'homme ne manquera pas de s'en apervoir.

En effet, ce qu'a cherché l'homme, c'est non pas la souffrance, ni le plaisir, c'est simplement la vie.

L'homme s'est efforcé de vivre d'une manière intense, complète, parfaite. Quand il pourra le faire sans imposer de contrainte à autrui, sans jamais en subir, quand toutes ses facultés actives lui seront d'un exercice agréable, il sera plus sain, plus vigoureux, plus civilisé, plus lui-même. Le plaisir est la pierre de touche de la nature, son signe d'approbation. Lorsque l'homme est heureux, il est en harmonie avec lui-même et avec ce qui l'entoure.

Le nouvel individualisme, auquel travaille, qu'il le veuille ou non, le socialisme, sera l'harmonie parfaite.

Il sera ce que les Grecs ont poursuivi, mais n'ont pu atteindre que dans le domaine de la pensée, parce qu'ils avaient des esclaves et les nourrissaient.

Il sera ce que la Renaissance a cherché, mais n'a pu réaliser complètement que dans l'art, parce qu'on y avait des esclaves et qu'on les laissait mourir de faim.

Il sera complet, et par lui, tout homme arrivera à sa perfection.

Le nouvel Individualisme est le nouvel Hellénisme.

FIN

TABLE DES MATIÈRES

Imprimerie Générale de Châtillon-s-Seine. — A. Pichat.

www.ingramcontent.com/pod-product-compliance
Lightning Source LLC
Chambersburg PA
CBHW070332030726
47505CB00004B/1180